FLORET
READING

小花阅读

我们只写有爱的故事

青春阅读　幸得相见

大鱼

有爱的青春陪伴者

Firs lovr

隔壁桌的小竹马

黎鲤尔 /著/

中国致公出版社
China Zhigong Press

黎鲤尔

L i L i E r

97 年北方姑娘，生于小镇上。

白日梦想家十级资格证持有者，偶尔少女心。

间歇性立志减肥，

往往下一刻就臣服于世间美味。

爱好音乐与写作，

愿成为文字的信徒，编织出温暖而美好的故事。

Z U O Z H E J I A N J I E

目录
Contents

目录
Contents

楔子

“姜周易……你在吗？”

周日傍晚，晚霞染红半边天。

莫里一中对面的赫尔苏街上，周易电器维修铺门口。

尹朝朝背着藏青色书包踮起脚尖，探头探脑地向里面张望，但见柜台深处，琳琅满目的小家电中央有一道忙碌的少年身影。她勾唇一笑，明知故问。

意料之中，那人没抬头，冷冷道：“不在。”

“那他可爱的小青梅就要走了哟。”

“嗯，滚吧。”

“你忍心吗？真的不要挽留我吗？这周的作业我写好了。”

“滚……滚进来。”

话音刚落，尹朝朝一个闪身冲到柜台前，将一摞卷子从包里取出，毕

.003.

恭毕敬地呈上："您请笑纳。"

手头上待修的物件只剩一架无法转动的台扇了，尽管年头有点久，但好在问题不大，卸了外壳往轴承里添点机油润滑便可。

姜周易伸了个懒腰，漫不经心地扫了一眼对方手上的卷子，眉头皱着，似乎不太想接。

尹朝朝当即心领神会："明儿我给您交，就不占您书包位置了，怪挤的。"

尹朝朝说这话时，灵魂恨不得跳出来鞭挞她的狗腿行径。

姜家大佬的书包别说是卷子了，连点纸屑都没有，瘪成尾指厚度，跟别在校服胸口的校徽一样，纯粹是个摆设。

这人打小便不爱学习，一整个学期除了考试时答几张卷子就没怎么动过笔，平常老师布置的课业更不放在心上，是赫尔苏街上出了名的学渣少年。

不过也正因如此，专业代写作业十年的尹朝朝才有收获"愿望兑换券"的机会。

愿望兑换券，顾名思义就是尹朝朝每代写一次作业，就能让姜周易为她实现一个愿望。

你来我往，交易十分公平。

面前的少女脸上噙着笑，一双灵动的眸子飞快转悠，似乎揣着什么坏主意。

姜周易被她盯得发毛，垂下眼尾："说吧，这次又想干什么？"想了想，他又补了句，"前提是不作奸犯科，违背伦理道德。"

毕竟，尹朝朝这个脑回路清奇的女子，在刚刚过去的暑假中，给他扎了半个月的朝天鬏，说什么独生子女想体验一下有姐妹的感觉。

他不得不防。

"那是当然喽，把你可爱的小青梅说成什么人了。"尹朝朝故作娇嗔，明知道姜周易最怕这招，还是忍不住硌硬他。

然后，她就听到了对方那句再熟悉不过的口头禅——

"尹朝朝，你有个人样行吗？"

嫌弃，还得是嫌弃到骨子里的那种。

毕竟，他们这对青梅竹马，和电视剧里的太不一样了。

抛开那些诸如"两家是世交，家离得近，从幼儿园到中学一直没分开"的标配条件外，这两人之间没有半点岁月静好的意思，相处氛围又实在奇葩。

说好听点，是相互成就；说难听点，叫狼狈为奸。

就譬如现在。

姜周易面无表情地坐在后院的塑料凳上，目睹尹朝朝从书包里翻出一块叠成方块状的黑色理发布，抖掉浮尘后披到他肩头。

她一边殷勤地给他捏肩，一边说：“卷毛家小发廊新进了一批一次性染发喷剂，需要找一个模特，后期做成海报，我想来想去，这赫尔苏街上，最靓的崽就是您呀，高个长腿，主要是颜好。嘿嘿！”

姜周易脸色一僵，揶揄她：“尹朝朝，你是真长本事了，小白鼠都找到我头上来了。”

“哎哟，您别这么说，我怪怕的。”尹朝朝嘴上虽是如此说，行动却毫不怯懦。

蓝、绿、灰三种喷剂，以挥毫之势喷到发丝上，将过渡区完美打造成渐变色。

考虑到某人情绪，她还不忘吹“彩虹屁”助力：“啊，这不羁的发丝，绚丽的发色，张扬中不失一丝沉稳，霸气里透露着时尚与品位，再配上这无可挑剔的五官。大佬，您一个人就是行走的韩流男团啊。”

十分钟后。

镜子里呈现出一头彩虹头发，张扬又妖孽。

姜周易嘴角抽了抽。

他一个高中生弄成这样，男团个屁。放老师眼里，整个一行走的箭靶子，分分钟被约谈。

他冷漠地瞥了尹朝朝一眼，难以置信地问：“尹朝朝，这玩意儿真能洗掉吗？”

“当然！一次性的嘛，我还拿自己一小撮头发试了呢。”尹朝朝拍着胸脯，一颗定心丸喂过去，从容不迫地松开姜周易紧握扳手的手。

姜周易冷哼一声，额前细软的刘海下掩着一双状似桃花的眼，此刻溢出寒光：“最好洗得掉，否则，我打断你的狗腿。”

“我向你保证，不然，让我一学期水逆！”尹朝朝顺毛似的发誓，趁他不注意，将扳手撂在地上，一脚将之踢远。

排除隐患。

最终，事情以姜周易半信半疑地回屋烧水结尾。

另一边，尹朝朝从维修铺出来，特意去超市买了一支蛋筒冰激凌，以示奖励。

奶油球上缀着满满的花生碎，一看就很好吃。

狭长逼仄的街道里，陡然刮起一阵妖风。

尹朝朝脊背一凉，打了个大喷嚏，连灵魂都跟着颤了三下。

等她回过神来，手上忽然一轻。

蛋筒上的奶油球不翼而飞了！

似是察觉到什么，她惊慌地低头，一张笑脸顿时垮了。

.007.

湛蓝色的帆布鞋尖上，开出一朵洁白的雪糕花。

五分钟前发过的誓还犹在耳畔。

——我向你保证，不然，就让我一学期水逆！

尹朝朝烦闷地捶了捶头，听见自己惶惶不安的声音：“不会吧。”

Chapter 1.

/一朝下神坛/

01

“通报批评，高二文科十六班尹朝朝同学上课期间写小说、偷吃零食，违反课堂纪律。鉴于其年级模范生的特殊身份，此番违纪极易带坏学习风气，影响恶劣。经学校研究决定，给予尹朝朝同学扣四学分，所在班级扣二分并取消本学期流动红旗评选资格的处分。望广大同学引以为戒。莫里一中，政教处，20×× 年 9 月 10 日。”

新学期开学不久，校园广播在晨读课上乍响。

文科教学楼内，琅琅读书声骤变成一场热火朝天的八卦大会。

八卦的对象正是广播中被处分的那位，文科第一名的学神大佬——尹朝朝同学。

一周前的开学典礼上，她作为优秀学生代表上台致辞，更一举斩获学校设立的三项奖学金，风头无二。

一周后的同一时刻，她竟“跌落神坛”，成了新学期通报批评第一人。

这一切的一切，到底是学神的自甘堕落，还是另有隐情？

对此，高二年级众说纷纭。

文科十六班内。

巨大而热烈的声浪尤为汹涌，六十多名吃瓜群众仿佛下一秒就要将房盖掀起来。

反观一墙之隔的走廊，却是另一番光景。

低气压笼罩之地，宛若龙潭虎穴。

此刻，作为“通报批评”当事人的尹朝朝正靠墙罚站，承受着班主任“火山喷发”般的声波攻击。

班主任名叫刘仲，三十岁出头，一肤色偏黑的瘦高男青年，一双鹰眸瞩目且骇人。

“尹朝朝，我可真是小瞧你了。”刘仲拍着胸脯顺气，一脸质疑地问，“那写小说能当饭吃吗？能保证你两年以后顺顺当当考上全国排名前二十的名校吗？”

尹朝朝无辜地眨了眨眼，头摇得跟拨浪鼓似的，心底却叛逆地反驳：那也不是不可能的呀。

她觍着脸，将声音放得低低的，酝酿许久的泪珠适时地从眼角缓缓滑下，顺着脸颊滑进清晰的锁骨里。

她看准时机抬起头，一双泛红的眼楚楚可怜地望着刘仲：“老师，我知道错了。”

“这会儿工夫知道错了啊，你早干什么去了。”刘仲扶额神伤。

他带的文科十六班是全校有名的吊车尾，学渣云集，学风不振。可就是这样一个鸡窝，飞出了尹朝朝这只金凤凰，六大科目清一色出类拔萃，次次考试稳坐文科第一宝座。他向来器重她，却不承想一个暑假过去，竟也沾上浮躁之气！

刘仲越想越气，偏偏班上那六十多人又不消停。

他忍无可忍，猛地推开教室门，吼道：“都瞎叫唤什么！我是发现了，我一会儿不在班里，你们就不消停，这开学都升高二了，还有没有点紧迫感……姜周易呢？他这个班长是干什么吃的，不会维持班级秩序啊？”

底下有个男生回复：“姜老大他……还没来……”

尹朝朝眸光凶狠地瞪过去，嗫嚅了一声：“猪队友。”

见刘仲朝她扔来眼刀，她又瞬间摆正立场：“姜周易实在太过分了，老师，您得好好管管他。”

刘仲冷哼一声，尹朝朝自讨没趣地别开脸。

这时走廊深处走来的一道瘦高身影引起了她的注意。

她揉了揉眼，随着距离拉近，她的表情逐渐扭曲起来：“老……老师，姜周易来了。”

说着，她挤出个笑容来。

却是笑得比哭还难看。

九月酷暑未消，走廊里热空气涌动，灰尘浮动在暖黄色的光影中。

姗姗来迟的少年，身形修长挺拔，纯白长T恤配浅蓝色牛仔裤，脚上一双白色运动鞋纤尘不染，一身的休闲风。

他的袖口挽起，一只手里拎着一个米白色的书包，看上去瘪瘪的，没装什么东西。

似乎是没怎么睡醒，他总是漫不经心地垂下眼尾，走路有些慢，整个人呈现出一种慵懒随性的美感。

除了……那一头乱蓬蓬的色彩绚丽的宛如野鸡毛的不羁秀发。

难不成染发喷剂真没洗掉？

尹朝朝心虚地抬手挡脸，嫌一只手捂得不严实，两手拄着脑门，竖起一道圆弧状门帘。

姜周易不动声色地将这一幕尽收眼底，心底发笑。

待走近时，他故意咳嗽一声，而后才声音爽朗地对刘仲道：“老师早上好。”

.013.

“老师不好！”刘仲开门见山地训斥，“姜周易你自己看看，这都几点了？开学没几天，爱迟到的老毛病又犯了，你也太不把老师放眼里了吧？”

刘仲顿了一下，视线锁定在对方发色张扬的头顶上：“迟到的事先不说，你给我解释解释，你这一脑袋绚丽的鸡窝在哪儿弄的？吃错药了吗？”

“老师，这事说来话长了。”姜周易露出一言难尽的表情，说话时瞥了一眼不知何时躲到刘仲身后的尹朝朝。

对方小动作不断，他面无表情地观望。

只见戏精少女尹朝朝同学先是比了一个自戕的动作，表情痛苦异常。

接着，她又晃了晃食指，做口型说“NO”，神情极度严肃。

最后，煞有介事地在口袋里翻来翻去。

就在姜周易纳闷时，对方两只手呈比心状展露出来，冲他莞尔一笑。

微笑时一双眼呈好看的月牙状，像只前来请罪的小狐狸。

见他没反应，改成双手合十，朝他拜了又拜。

至于表情嘛，诚恳又歉疚，确实是村口托尼老师理发失败时的样子。

姜周易似乎是被取悦到了，一下子分了神，又好像是有意为之道：“老师，是这样的。昨儿我去给一家发廊修电路，家里那只小花猫也去了。都怪她贪玩爱爬高，打翻了人家装染膏的桶，我没防备，染膏兜头泼下来，溅我一身。”

他扯了扯衣服领口，神情真挚得不得了：“不信您瞧，这脖子上还有没洗掉的印儿呢。”

闻言，刘仲的白眼翻到了天际。

他气得额头青筋暴起，嗓子在破音边缘试探：“姜周易，你是要气死我还是怎样啊！编瞎话都没有你这么编的，你满大街给我找找，有会染发的猫吗？有吗？”

“别人家的我不知道。”姜周易淡然地说。

他瞥了尹朝朝一眼，波澜不惊的眼底漾出一丝坏笑来：“我家的猫，还真会。”

一句话，换来刘仲的一道圣旨——滚去室外，做五百个蛙跳。

尹朝朝忍不住投去同情的目光，却冷不防和对方视线相接。

那是一双她再熟悉不过的眸子，内双，狭长的眼尾微微上扬着，三分迷离七分媚，天生盛满笑意。

尹朝朝却敏锐地嗅出一丝危险的气息。

晨读课过后有半个小时的早自习要上，刘仲“降下圣旨”后便回了办公室。

空旷的走廊上只剩尹朝朝和姜周易两人。

气氛尴尬得快要使人窒息。

尹朝朝试图打破僵局："那个……"

"蠢猫，你挡路了。"两人面对面站着，姜周易居高临下地说，神情烦躁。

尹朝朝急忙退到一旁，主动让路："您先请。"却在姜周易抬腿要走时，不怕死地拽住他衣角。

"有事？"姜周易拧眉，不解地问。

下一秒，只见对方仰起脸，两只白白净净的小手举到双颊两侧，张开又攥拳，粉嫩的唇瓣一张一合。

"喵呜！"少女笑得温顺。

他一愣，心口像是被什么撞了一下，对方一个闪身进了教室，溜得比蝌蚪还快。

"卖萌无效。"

他迟缓地回应了一句。

语气有点凶，却又藏了一丝温柔，连他自己都未曾察觉。

02

蛙跳五百个不是小数目。

姜周易回到班上时，像是淋了一场大雨，从头到脚都湿透了。

班级常年封闭的后门正对着他的位置——八组九号。

单桌、靠窗、背后摆着空调，盛夏有凉风，冬日有暖流，位置得天独厚。

离自己的座位仅差一步之遥时，过道里有人朝他伸手，毕恭毕敬地递出一瓶矿泉水。

姜周易垂眸看去，前桌尹朝朝仰着脸，一脸谄媚："姜周易，你渴不渴啊，喝点水。"

他径直掠过，权当没看见。

落座以后，剧烈运动后的困意席卷上来，他正想趴桌子上小憩，前桌那位戏精忽然卷土重来。

尹朝朝把矿泉水瓶轻轻地搁在桌上，露出一个甜美的笑容："姜周易，我替您拧开了哟，运动以后要补充点水分才行呀。"

几乎同时——

"啪嗒！"

一张卷子拍到她脸上。

尹朝朝屏住呼吸，不安分地支起耳朵，听姜周易压着嗓子说："滚！"

小心翼翼地把卷子从脸上移开，尹朝朝不情不愿地转回身，忧伤的小眼神里写满困惑。

姜家大佬生气了，哄不好的那种怎么办？

讨好姜周易的契机来得很快。

是第一节语文课上，刘仲踩着上课铃进教室，像往常一样抽查学生课文背诵情况。

背诵的课文是陶渊明的《归去来兮辞·并序》。

上周五刚系统地讲完，篇幅不多，背诵起来朗朗上口，没什么难度。

刘仲顺手叫起第一排的一个女生：“从你开始，间隔一个人往后顺延，每人站起来背诵一段。”

女生点头，背诵得十分顺溜。后面陆续站起来的几个人，也都没卡壳。

刘仲心满意足地点头：“背得都不错，还差最后一段轮到谁………”说到这儿，他顿了一下，视线落到半掩在尹朝朝身后那道明目张胆地睡着大觉的身影上。

他的脸色骤然严峻，声音近乎咆哮：“姜周易！睡上瘾了是不是，你给我站起来！”

正襟危坐的尹朝朝脊背一下子垮了，心一抽，完了，没给姜家大佬掩住。

身后传来一阵悠长的桌椅摩擦地面的声音。

姜周易慢条斯理地站起来，少年干净的面庞上没有一丝被扰醒的不悦与戾气，眼神茫然却毫不吝啬笑意：“到。”

“《归去来兮辞·并序》最后一段，背诵！”刘仲拿戒尺敲了敲讲台，一个字都不愿意多说。

刘仲话音未落，尹朝朝早已将身子向后倾靠到椅背上。

她将手里的语文书竖起来，尽可能地往身后大佬那边推，以便他能看清。

姜周易挠了挠后脑勺，低头瞥见一句，“背”道：“已矣乎！寓形宇内复几时？曷不委心任去留？胡为遑遑欲何之？”再换个站姿，又瞥见一行，“背”道，“富贵非吾愿，帝乡不可期。怀良辰以孤往，或植杖而耘耔……”

“停！”刘仲打断他，尖锐的话锋直指尹朝朝，“前桌那个别挡了，提醒得这么明显，当谁傻呢？你再帮他，信不信我罚你背一百遍！”

“信，我信。”尹朝朝悻悻地笑，回头深深地看了姜周易一眼，愧疚地嗫嚅，“姜周易，我只能帮到这儿了。”

姜周易轻轻地“哦”了一声。

转回身去的尹朝朝不曾注意到身后少年眼底笑意渐浓。

刘仲说：“背一遍第一段给我听听。”

没了帮手掩护，底子完全暴露，姜周易诚实地摇头：“老师，我不会背。”

刘仲险些心梗，指着姜周易的手不停地颤抖：“你给我出去，到门口站着，课文罚抄五十遍，明早交给我！”

就在此时，刘仲头顶的一根灯管突然“嘭”的一声熄灭了。

所有人被吓了一跳，下意识地尖叫起来。

刘仲也被这突如其来的变故惊了一下，但他迅速镇定下来：“吵什么吵，没见过世面。”他试图通过室内对讲机联系设备维修室，但那头久久没人应答。

这时，有人嘟囔一句：“这得上哪儿找人修呀。”

底下同学先是面面相觑，接着不约而同地看向姜周易。

姜家大佬那双手可谓神奇，能令一切家用电器起死回生，修灯管的话，想必也是轻而易举吧。

察觉到众人投来的求助目光，姜周易大方自荐：“老师，让我试试吧。”

刘仲担忧道：“你？”

后面“能行吗”三个字还没说出口，底下六十多个人齐刷刷地点头：“行。”

学渣少年姜周易自此进入到自己的主场。

班级后排的角落竖着一架木梯，当初开学大扫除时向器材室借来擦高处的窗户，还没归还，如今正好派上用场。

姜周易没有多言，径直回到座位，将立在桌脚的工具箱取来。

前桌尹朝朝仰着脸，雀跃地问他：“姜周易，我能帮什么忙？”

“用不着”三个字已经到了嘴边，但看见尹朝朝兴奋的小模样，他却有点不忍心拒绝，于是安排个差事：“待会儿扶梯子，给我递工具。万用表和数字电笔能找到吧？”

尹朝朝迅速将对应工具指出来：“在您身边耳濡目染，工具什么的我都记得清楚。”

姜周易欣慰地点头：“还算有点用处。”

两人各就各位。

班级掌控开关的那个同学早早地将电源切断，这是维修时的常识，姜周易一个眼神，对方就知道配合，想来十六班虽然成绩不尽如人意，但胜在团结默契。

尹朝朝扶着梯子，仰着脑袋张望梯子上的人。

少年俊俏的脸上丝毫不见平日里吊儿郎当的懒散，取而代之的是认真又专注的神情。

只见他利落地挽起袖口，露出线条流畅的小臂，老练地操控着手里的螺丝刀，将有故障的灯管拆下来，接着将相邻的一根正常工作的灯管安上去，喊底下的同学：“开一下灯。”

开关打开的一瞬间，头顶的灯管重新投下光亮。

姜周易由此观之，线路不存在故障，只是灯管的问题。

他心中有数地从梯子上下来，见底下一众人纷纷露出黑人问号脸，解释道：“这种情况下，是灯管自身的问题。刚刚灯管两端闪烁红光，说明启辉器短路，灯管无法正常启动，只需重新更换一根就行。”

他转头对刘仲说：“老师，要不我现在回店里一趟取根灯管？”他继而保证，“十分钟以内，我一定回来。”

这话换作别的男生说，刘仲肯定会质疑一句“谁知道你会不会借机翘课”，但在过去一年的相处过程中，他渐渐地发现，姜周易这孩子不一样，虽然平日里一副吊儿郎当的模样，但在办正事上从来不含糊，有一说一，倒是信得过。

刘仲象征性地看了一眼腕表：“行，速去速回。”

姜周易笑得明朗：“遵命。”走廊过堂风汹涌，他走出班级时像往常一样细心，轻手轻脚地带上门。

身后的刘仲注意到这一细节，内心有所触动，恨铁不成钢地嘀咕了一句：“挺好的一个男孩，怎么就不知道学习呢？”

03

新的灯管换上以后，灯果然重新亮了起来。

底下掌声雷动，大家纷纷叫好。

刘仲虽然有所钦佩，但碍于脸面别扭道：“姜周易，你的心思要是有一半用到学习上，成绩早都提上去了。”

“我知道您这是变着法子夸我。”姜周易笑了笑，“不过，一心不可二用。”

刘仲懒得跟他调侃，言归正传道：“灯管什么的，不能让你白从自家店里拿，该多少钱多少钱，班费给你报销。”

“报销就算啦。”姜周易话锋一转，凑近刘仲，“老师，您大恩大德，把那五十遍课文罚抄取消了吧。”

“这个不行。”刘仲拒绝得干脆。

姜周易倒也不失落，马上提另一个请求：“老师，您看这样行不行，我看了天气预报未来三天都是高温炙烤，咱班人多风扇少，一到下午都热得昏昏欲睡，班费就给大家买雪糕吧。”说到这儿，姜周易停顿一下，起高调地问了一嗓子，“是不是啊，孩儿们？”

“是啊，是啊！”底下六十多个小脑瓜齐刷刷地点头，高呼，“班长大人万岁。”

其中，数尹朝朝点头点得最厉害，晃荡到最后有点晕乎乎的。

等她定了定神，发现同桌男生傻笑着奋笔疾书，她戳了戳对方肩膀：“曲乾，你干吗呢？”

曲乾黝黑的小方脸上写满真挚：“记录姜老大的英雄事迹。”

忘了介绍，这位曲乾同志是继尹朝朝之后，姜周易座下的第二大狗腿子。

与此同时，他还是莫里一中富二代学生群体中的一股清流。

为什么说是清流呢？在一众家中经营房地产生意、百货商场、美容院的富二代里面，这一位家里是开辣条加工厂的，却总因为黑如炭的肤色被人误以为家里加工的是酱油。

一番记录完毕，曲乾眉飞色舞地抬头，两眼散发着一种名叫崇拜的光：“朝朝，你觉不觉得，姜老大刚才那句孩儿们特别酷，就像……”

“像揭竿而起的孙悟空！”尹朝朝跟着崇拜。姜周易这个人，除了那张好看的脸外，其实有很多闪光点：尊敬师长，爱护同学，时刻保持班长大人风范，还有一技之长，除了学习不好……

嗯，只有学习不好，别的也挑不出什么毛病来。

但是很快，尹朝朝就想收回这些赞美的话。

由于翌日学校要举行学科竞赛，要提前布置场地，所以这天只上半天课。

午休铃响，姜周易一声令下：“放学。”

所有人不约而同地往走廊冲，人声鼎沸。

尹朝朝也想走，但还没等她走到门口，便有人抢先一步将她拦下。

瘦高的少年冷着一张脸，一侧胳膊拄着门框，不说话，也不挪地方。

她讪讪地笑：“姜周易，放学了，您老不走啊。”

“嗯，不走。”姜周易开门见山，“找你算账。”

尹朝朝脑袋轰隆一下，知道对方记起头发的事情来，急中生智地喊了一声："刘仲来了！"

班级后门锁着，尹朝朝吼完一句，扭头就往窗户边跑。

身后，少年的声音悠悠响起："你跳吧，这是二楼，运气好的话，不会骨折。"

"不了，我还是不跳了。"尹朝朝一个猛子蹿到窗台上，又蔫巴巴地跳了下来。

高一升高二，他们班从一楼搬到了二楼。

她一时慌不择路，竟然忘了。

尹朝朝在心底默念了三遍"阿弥陀佛"，硬着头皮又转悠到姜周易身边去。

她可怜兮兮地仰起脸："周周，我错了。"

"你叫我什么？"姜周易忽然笑了，笑得耐人寻味。

他们相识十几年，尹朝朝喊他周周的次数少之又少，平日里大多直呼其名，偶尔有狗腿子的时候，跟着曲乾喊姜老大、大佬。只有犯错心虚的时候，才一口一个周周，叫得比蜜甜。

"周周，好周周，帅周周，宇宙无敌美周周。"尹朝朝拽起他的衣角摇啊摇，极力讨好，"我也不知道那喷剂有可能洗不掉啊，如果我早知道，打死我都不敢用到你头上。"

不敢？这天底下还有你尹朝朝不敢的事？

姜周易毫不心软：“说别的没用，刘仲让我明天上课前染回黑色。”

“染，染不回来了，”尹朝朝越往后说声音越小，“您这头发颜色没掉，直接上黑色染膏或许会花掉。必须要褪色，可您发丝太软，褪完再染，很伤发质的。”

“所以呢？”两叶剑眉微微挑起，姜周易气定神闲地问，“该怎么办？”

空荡荡的走廊里响着回音，惊飞窗玻璃上趴着的几只瓢虫。

半晌，他面前那张困惑得快要皱成一团的脸忽然明媚起来，乌黑的瞳仁里光芒辉映。

“要不然推了吧？

“就像小时候一样，剪个寸头好吗？

“毕竟啊，你剪寸头最好看了。”

04

“所以，姜老大真的去剪寸头了？”

“好像是。”

“完了，完了，他老人家会不会把我家小发廊给炸了！”

春川报刊亭内，尹朝朝嚼完半截棒冰，抬手摁住好闺蜜卷毛的蓬蓬发顶：“你冷静一点。”

卷毛大名林云卷，一头自然卷的追星少女，家里经营一间小发廊，在赫尔苏街这一带有口皆碑，自封为莫里一中时尚教主，却一直走在翻车的路上。

给姜周易染发这件事，主意是尹朝朝定的，理发布和一次性染发喷剂是林云卷从小发廊拿来的。

论罪过，两人不相上下。

林云卷心虚地抓后脑勺：“朝朝你要保护我，好歹你有青梅身份加持，姜老大不会真生气的。”

正晌午，报刊亭零星地有学生光顾。

尹朝朝和林云卷有一搭没一搭地聊着，期间还卖了几本言情小刊。

尹朝朝自打初中开始就在这儿兼职，店主春川爷爷是赫尔苏街这一带德高望重的老人，一个慈眉善目、留着白胡子的小老头，她赚零花钱的同时还能有杂志看，两全其美的好差事。

她把钱叠得四四方方塞进抽屉里，大义凛然地对林云卷说：“放心，他要是来寻仇，我舍命保你。”

“嘎吱”一声，报刊亭逼仄的侧门忽然被人推开。

尹朝朝心头一紧，她几乎是本能反应，一下子钻进书摊横板下方的空隙中。

林云卷：“……”说好的舍命保我呢？

尹朝朝捂着脑袋，大气都不敢喘一下，直到听见一道温柔熟悉的男声——“姐，是我。”

她又灰头土脸地爬出来。

推门进来的人校服整洁，鼻梁上架着一副黑金眼镜，长身鹤立，手里端着碗香气腾腾的馄饨。

“姐，你午饭还没吃吧，我刚刚煮了碗馄饨。”

看清来人后，尹朝朝叉着腰，摆出长姐姿态：“何文昱小朋友，你下次进门之前，能不能出点声啊，吓死我了。”她惊魂未定地拍了拍胸脯，嘟囔了一句，“吓得我以为姜周易来了。”

“我知道了。”何文昱无措地眨眼，笑容含蓄。

“朝朝，你别对他这么凶。”林云卷朝何文昱伸手，一副“我给你做主”的模样，“文子，到姐姐这儿来。”

尹朝朝拍开她的手：“别逗我弟，待会儿他脸又该红了。”

何文昱是尹朝朝小姨的儿子，只比尹朝朝小一个月，一个温润如玉的双鱼男。两人同届都学文科，一个在十六班，一个在十七班。和尹朝朝一样，他也遗传了何氏家族的高智商。

只是人无完人，就像尹朝朝是个体育废材，何文昱是重度易害羞体质，金口难开。

然而，再难开的金口，也有例外的时候。

报刊亭正对一中门口，目睹刘仲的车子驶出校门，何文昱忽然开口：“姐，我刚刚放学值日的时候，看见你们班主任正和尹老师谈话呢。”

尹朝朝馄饨吃得正香，说话不过脑子：“谈话就谈话呗，关我什么事。尹老师，哪个尹老师啊？”

结果话一出口，脑海里烟花炸开，她一蹦三尺高，手里的勺子都惊掉了。

“尹老师？尹瀚生？我爸？”

“没错。”

“啊！”尹朝朝抱头哭号。

父亲尹瀚生是莫里一中的体育老师，是个不苟言笑的老顽固，平日里对学生出了名的严苛。

到了她这儿，更是铁面无情。

尹朝朝一闭眼就能脑补出自家父亲大人震怒的模样，整个人像是上了发条似的来回踱步：“完了完了，你们说刘仲会不会告诉老尹同志，我上课写小说的事儿啊？那我岂不是废了？眼下肯定不能回家，要不然我在这儿待到天黑吧！等老尹同志睡着我再回去，你们觉得呢？”

林云卷和何文昱一对视，两人异口同声道：“行是行，那姜老大一会儿找来怎么办？”

胸口仿佛中了一箭，尹朝朝颓然地跌坐到了地上，梳得高高的马尾辫心有灵犀地耷拉下来。

最终还是何文昱提议：“要不然去我家馄饨铺子坐会儿吧。”

他家馄饨铺子就在报刊亭对面，间隔不到五米，母亲何应兰约了几个小姐妹去美容院，店门虽开着，但明天才恢复营业。

尹朝朝眼前一亮，脚底抹油似的一个闪身冲了过去。

这一躲，就是一下午。

直到暮色四合，赫尔苏街上的商铺相继关门，她拍桌而起：“不躲了，回家。”

已经睡醒一觉的林云卷欣慰地拍手：“在漫长的心理建设后，你终于决定坦然面对了。”

“那是自然。”尹朝朝扬了扬下巴，扭头看向邻桌睡眼惺忪的何文昱，谄媚一笑，“好文子，你再去给姐姐煮碗馄饨，要三鲜馅的，我打包给老尹同志。”

05

尹朝朝拎着馄饨以每分钟五十米的速度狂奔回家。

进门前，她还特意对着楼道里的消防栓上的镜子，练了练困恹恹的表情。

父亲尹瀚生还没睡下，坐在沙发上翻报纸。

尹朝朝垂下眼皮，从客厅到厨房几步路的距离，打了两个哈欠。

打完第一个哈欠后，她说："爸，我让文子打包了一碗馄饨，三鲜馅，您的最爱，趁热吃啊。"

打完第二个哈欠后，她又道："中午放学后，我就去报刊亭帮忙了，一直打包杂志到现在，手都酸得一抽一抽的，我先睡了啊。"

完事，她回过头，见尹瀚生没有半点要搭理自己的意思，加快脚步朝自个儿房间走。

"站住！"

身后尹瀚生一声厉喝。

尹朝朝僵硬地转过头，脸上噙着笑："没，没走远。"

尹瀚生板着一张脸："中午你们班刘仲老师找我谈话了，说你上课写小说。尹朝朝，我问问你，你是怎么想的？"

"误会，都是误会，爸您息怒。"尹朝朝挪着小碎步凑过去，见尹瀚生眼一横，立即站得笔直，一脸真诚地说，"爸，我就写了六行字，开头都没写完呢，都算不上小说。"

"六行？一行也不行！学校是写小说的地方吗？"

眼见尹瀚生要开启训话模式，尹朝朝机灵地问道：“爸，我陈姨呢？”

“早睡下了。”提到陈秋燕，尹瀚生的语气缓了缓。

尹朝朝撇了撇嘴。

在她十三岁那年，母亲何朝兰同尹瀚生办理了离婚手续。

何朝兰不是那种追求安定的女子，她有一颗强烈的事业心，一年之中有大半时间出差应酬。她把照料尹家父女生活起居的时间用在外面奔波赚钱上，这是她认为表达爱的方式。

而尹瀚生恰好相反，他十年如一日地追求安定，即便在莫里一中当体育老师领的工资不高，他也乐在其中。

两个因为相爱走到一起的人在共同生活十几年后，渐渐发觉他们对于婚姻和家庭的认知差异越来越大，大到令双方都感到疲惫的时候，他们静下心来聊了一个晚上，最终决定结束这段关系。

半年后，继母陈秋燕进了尹家。

尹朝朝自此有了一个泡在药罐子里的娇滴滴的小后妈。

肩不能扛手不能提，温声温语的，看尹瀚生的眼神带着爱意像是小迷妹。

大灰狼和小白兔的组合，像极了霸道总裁文里的男女主官方标配。

而事实上，这两人的相处日常就跟偶像剧一样。

一个爱黏人，另一个就宠着。

想到这儿，尹朝朝眼珠子一转，贴心道："爸，您看这时候也不早了，咱这训话的流程要不然就搬到明天早上吧，别把陈姨扰醒了，她睡眠不好，到时候您老再心疼……"

尹瀚生嘴角抽了抽，端起作为体育老师的架势："行，那训话就省了，跑圈去吧。"

跑圈。多么熟悉的词语啊。

体育老师惩罚学生惯用的招数，言简意赅却无比残酷。

尹朝朝急忙摇头，一秒转换立场："爸，我觉得还是语言教育比较好。"

尹瀚生不为所动："运动场八百米。"

"爸，我生理期快到了，您少点成吗？"

"一千二百米。"

"真的，这回是真的，我没骗你啊！"

"一千六百米。"

"行行行，八百米，我跑，我马上跑。"

"快去！"

尹朝朝："……"她真的好想唱一首《小白菜》哦。

.033.

这年的气温总体偏高，都已经快金秋十月了，炎热还没有完全消退。

跑完步回来，尹朝朝瘫在床上，恨不得与床合二为一，就此长眠。

手机铃声大作，是姜周易发来的视频电话。

尹朝朝侧身，慵懒地伸出一根手指，滑动屏幕，接听。

视频接通的一刹那，手机另一端传来少年的笑声。

正伏案酝酿检讨的姜周易一抬头，就看见尹朝朝引以为傲的小V脸呈现出一种圆润感，在房间暖光的照耀下像是一颗闪闪发光的剥了壳的……水煮蛋。

“姜周易，你真的去剪板寸了！”“水煮蛋”惊讶地睁大眼睛。

“嗯。”他不咸不淡地应了一声，习惯性地抓后脑勺，陡然发现，手感还不错。

那头的“水煮蛋”笑得谄媚：“幸好当初喷染发剂的时候没喷到发根，寸头显得您整个人倍儿精神！”

“哦？”姜周易顿了顿，“难道我以前不精神吗？”

“当然不是，”“水煮蛋”坚定地摇头，“您一直都是朝气蓬勃、英姿飒爽，谁要说您不精神，我跟他急。”

“行了，别贫了。”姜周易言归正传，“今天的这笔账，你打算怎么算？换句话说，你要怎么补偿我？”

“水煮蛋”努嘴，若有所思道：“要不，给您跑腿一周？”

“跑腿一个月，加各项检讨。”姜周易不假思索道。

长长地哀叹后，“水煮蛋”咬紧牙关，决绝道：“行吧。”

姜周易得意地勾了勾嘴角：“刘仲今天罚我写五千字检讨，我不会。”

“那我替你写呀。”

“不行。”姜周易摇头，毫不掩饰地嫌弃，“你的字太丑了，刘仲一看就知道并非出自我手。”

“那你把视频关了，我写好发给你，你照着抄好不好。”苦苦商量的语气，卑微到尘埃里。

“不行，”姜周易再次毫不犹豫地拒绝，清冷的声音中带着威胁的意味，“尹朝朝，你别忘了，我这又是头发，又是体罚的，到底是拜谁所赐啊？”

“我，我有错，我是罪人。”尹朝朝眨了眨眼，嘴里本能地蹦词。

“所以，罪人尹朝朝同学，你说一句，我写一句，什么时候我写完了，你才能睡。知道吗？”

姜周易冷着一张脸，悠闲地转悠着笔杆。

结果，写了不到三行，屏幕那头负责陈述的人便明目张胆地见周公去了。

姜海来送牛奶时，就看见自家儿子端坐在书桌前，脸上挂着一丝笑。

他一时好奇，问道：“小姜同志，什么事乐成这样啊？”

“没，没什么，”姜周易抬头，眼神清澈，“爸，牛奶放桌上就行，您快休息去。”

姜海点了点头，从房间里出去时嘀咕一句：“这孩子今天是怎么了，写检讨乐成这样？”

听到脚步声渐行渐远，房间内的姜周易将手机从口袋里抽出来。

他轻轻触了一下，手机屏幕又亮了起来，仍停留在视频通话界面。

屏幕里的那颗“水煮蛋”已经进入了梦乡，眉目舒展着，还打起了小呼噜。

小城的夜晚静了下来。

他喝了一口牛奶，像是下了很大的决心一样，挂断这通视频电话。

而在那之前，他鬼使神差地摁了截屏键，将“水煮蛋”永久地保存在手机相簿里。

Chapter 2.

/天生『坐』一对/

.037.

01

“尹朝朝，我渴了。”

隔天午休，姜周易抱着个篮球回班上。他刚刚从球场下来，额头上的汗珠断了线地往下淌，衣服前襟湿了一片。

“来了，来了！”尹朝朝健步如飞地冲过去，一只手递水，一只手递湿毛巾。

跟在姜周易身后的曲乾脸红脖子粗地喘气，一副“陪姜老大练球丢了半条命”的表情。

同是大佬狗腿子，尹朝朝同情地点了点头，似乎在说他，又像是说自己：“都不容易啊。”

“你说什么？”姜周易凌厉发问。

尹朝朝一秒扬起笑脸：“没啥。您老饿不饿，想吃点什么？我去买。”

“汉堡和冰可乐。”

闻言，尹朝朝表情有些微妙：“小卖部人气套餐，这可是我的最爱啊。姜周易，你怎么忽然想吃这个？难不成在偷偷关注我？”

“啪嗒”一声，湿毛巾不偏不倚地拍到她脸上。

姜周易不咸不淡道：“别想太多，只不过小卖部比食堂远而已，使唤人更有价值。”

小心翼翼地把毛巾从脸上移开，尹朝朝囧着脸，有些失落地“哦”了一声，继而不甘道：“小卖部离教学楼有点远，你可能会等久一点……”

“朝朝，我也要一份！”没走几步的曲乾折回来，冲她龇牙笑。

他正要举手，旁边扬起一只手迅速将他的手拍掉。

手背光速变红，曲乾吃痛，难以置信地看着姜周易，表情无比神伤：老大，我做错了什么？您使那么大劲干吗？

姜周易根本没理他，对尹朝朝说：“买我的就行。”

尹朝朝一听，立即挺起小胸脯，将吹捧贯彻到底：“大胆曲乾，我是大佬御用采购员，想使唤我，你想得美！”一转身，迈着六亲不认的步子走出班级。

当真是，狗腿本腿。

姜周易几不可察地扬起嘴角，心底一道声音渐渐清晰起来：我是在生她的气，确切来讲，是在假装生气。但这并不代表，在“使唤她”这件事上，旁人也可以。

心情比阳光还明媚。

另一边，尹朝朝顶着毒辣的阳光，穿过操场，火速冲进小卖部完成采购任务。

从小卖部出来，被迎面扑来的热风吹得睁不开眼。

一口气跑回二楼，尹朝朝远远地看见林云卷鬼鬼祟祟地扒在十六班后门那儿向里面张望，手上拎着一大包东西。她走近时，闻到一股炸鸡香味。

“林云卷！”尹朝朝恶作剧地叫她。

“啊！”对方尖叫一嗓子，回过头看见她，长舒一口气，“朝朝你吓死我了！”

尹朝朝看她一副如临大敌的模样，有点摸不着头脑：“你站这儿干吗呀？来我班上坐坐。”

“不了，不了。”林云卷晃了晃手里的袋子，“我给姜老大买了点食粮，朝朝你帮我给他吧。权当上次染头发的事向他老人家赔罪，要不然我总是睡不安稳。”

尹朝朝扬了扬下巴，示意林云卷往班里看：“喏，他人在座位上呢，你亲自送去岂不更好？”

“我哪儿敢哪！”林云卷惊诧得下巴都快要掉下来，头摇得跟拨浪鼓似的。虽说都是一起长大的玩伴，但她清楚姜家大佬在对待尹朝朝和自己之间，是有明显差距的。

尹朝朝可以胆大妄为地挑战他的底线，他表面恼火内心却没有一次不纵容。

至于她，更多的是礼遇和疏离，大佬一个凌厉的眼神，就能使她如坠冰窟，实在不敢惹。

尹朝朝笑道：“行，那我转交给他。”

林云卷感激地眨了眨眼，从口袋里掏出两张叠得四四方方的纸。

尹朝朝打开看，一张是十七班本月杂志征订名单，另一张则是不知从哪本书上撕下来的测试题，纸上缀着桃花底纹，开篇的粉字大标题引起她的注意——测试你的真命天子会在何时出现？

尹朝朝弯了弯眸，有些好笑地问：“卷毛，你还信这个？”

“朝朝，你回去一定要测一测哦，这个很准的。”林云卷眉飞色舞道。

尹朝朝还想询问她“所以，你的真命天子会在何时出现测出来了吗”，还没她等开口，十七班突然传出阵阵笑声，银铃般的声音叠在一起：“大昱儿，你帮我看看这道题怎么做……”声音有点魅惑又有点嗲，像是盘丝洞里调戏唐僧的女妖。

尹朝朝同林云卷面面相觑，尹朝朝不确定地说：“大昱儿？是说文子吗？”

“何文昱！姐姐我来保护你！”

林云卷大吼一嗓子，眸光中杀机四伏：“看我不速速回班，灭了这群妖精！”

一溜烟儿，跑没影了。

02

尹朝朝两手满满地回到班上。

左手拎着小袋子，里面是姜周易吩咐买的东西。

右手是林云卷送的全家桶，香喷喷的，还冒着热气。

走到姜周易面前，她本能地递右手，把贵的好的那份先呈给他：“卷毛买给你的，说是因为头发的事向你赔罪，这里面有汉堡、鸡腿什么的，都还热乎呢，你趁热吃。”

“哦。”姜周易微微点头，伸出的手拐了个弯，却拿走她左手提着的东西，全家桶什么的，看都不看一眼。

尹朝朝被这顿操作惊呆了：“全家桶，你不吃吗？”

姜周易把可乐从袋子里取出来，在户外游走一遭后，可乐已经不冰了，温吞吞的口感欠佳，但他却无端地觉得好喝。尤其是看到尹朝朝耷在额头上的几绺湿漉漉的头发中翘起一束小呆毛时，他忽然觉得，可乐就是这样才好喝，温和的，丝毫不凛冽，就跟成天想办法讨好他的戏精少女一样。

他连着喝了两三口后，迟迟地回应："不吃。"

尹朝朝有些蒙："那怎么办啊？"

"这还不简单，"一旁的曲乾振臂高呼，"给我吃，给我吃，我愿意解决这个难题。"

"去去去，你想得美！"尹朝朝"铁壁"拒绝，盯着姜周易看。

只见少年撕开汉堡的包装袋，就着一瓶温吞吞的可乐，吃得专注又认真。

尹朝朝忍不住再劝："姜周易，这是卷毛买给你的，还回去也不好。你好歹吃一点，也是人家一番心意嘛。"

吃掉最后一口汉堡，姜周易瞥了一眼全家桶，淡淡道："心意我领了，不过胃填满了。全家桶什么的，你和曲乾分着吃。"

"毕竟，你不是最愿意吃这个的嘛。"这一句，姜周易没说。

"对嘛，对嘛，"曲乾一把夺过全家桶，将袖口利索地挽起，"资源就得去到它该去的地方，才能优化利用。"

"是是是，都优化进你肚子里。"尹朝朝鄙视他一眼。

曲乾憨笑一声，露出一口白牙，迅速清理掉桌上的书本卷子，拽她落座“分赃”。

尹朝朝本能抗拒：“我不吃，你自己都吃了吧。”

“那怎么行啊，姜老大说要我们一起吃。”曲乾一副“你要是不吃，我就跟你翻脸”的样子。

尹朝朝拗不过，只得应下：“行行行，吃吧吃吧。”

曲乾心满意足地点头，将全家桶里的东西悉数摆到桌上，一边“分赃”，一边嘴里念念有词：“朝朝一个，我一个；朝朝一个，我两个；朝朝一个，我三个……”

尹朝朝反手就是一个脑瓜崩：“去去去，都拿一边吃去。”

曲乾做了个给嘴唇拉上拉链的动作。

尹朝朝欣慰地笑了一下，耳根子终于清静了。

想起林云卷给的杂志预订名单还在兜里，她赶忙掏出，誊抄到自己兼职专用的记事本上。

春川报刊亭正对一中，主要消费人群是学生。

现今纸媒行业不景气，尹朝朝自打揽下兼职的差事，便想方设法地增加杂志销售，高一时发了半学期的传单，现今各班有征订杂志的，直接找到十六班来。

肩膀忽然被人戳了一下，她稍稍侧头，余光里出现一只修长的手，手掌宽大，骨节分明，指甲被修剪得干净整洁，食指和中指的间隙中夹着一张五十元钱。

她愣了一下："姜周易？"

"午饭报销。"姜周易枕着一沓书，懒洋洋道。

"不用啦，"尹朝朝迅速转身，笑嘻嘻地说，"春川爷爷前两天才给我发假期兼职的工资，这点饭钱我还是有的。"

"报销。"姜周易又说了一遍，他注视着她，眼神笃定，语气强硬了不少。

"朝朝，给你钱就拿着呗。"已经吃撑了的曲乾插话进来，向尹朝朝抛出个问题来，"你知不知道在刚刚过去的暑假里姜老大赚了多少钱？"

尹朝朝扭头："多少？"

见曲乾伸出一根手指，她不确定地问："一千？"

"一万。"

"什么？"尹朝朝睁大眼睛。

她凑过去八卦："怎么做到的？不是说家电维修不景气嘛，能赚这么多吗？"

"这你就有所知，有所不知了吧。"曲乾同她讲述成功秘诀，"这第一呢，是技术问题，一般小家电换件赚不了几个钱，组装费才贵呢。再者电脑、手机还有近几年特火的智能马桶，总之高科技的东西，维修费更高。姜

老大已经逐渐往这方面转型了。”

“至于最后一个嘛，就是勤奋喽。”

姜周易何其勤奋？

尹朝朝是知道的。

坊间甚至有传闻，文科十六班班长，万花丛中过片叶不沾身，风里来雨里去，志不在学习，一心搞修理。

正聊到这儿，后桌大佬又扬了扬手里的钱。

尹朝朝这次没拒绝。

她似乎窥见了一丝商机，冲他狡黠一笑：“姜周易，我觉得我应该重新审视我们的关系了。”

“关系？我和你有什么关系？”姜周易一下子有些不自在。

“换句话说，就是我觉得跑腿期限可以适当地延长一下，别说一个月，剩下的两年都没问题！”

姜周易转了转手中的笔，毫不留情地戳穿她的小心思：“想以此发家致富？”

“嗯。”尹朝朝倒是诚实。

姜周易了然地“哦”了一声，少年的语气很是遗憾：“那你想吧。”

03

最后一节是自习课，刘仲进班时带来一个消息："明天上午，学校例行检查管制刀具携带情况。这次不止查教室，还要查寝室，不管什么'刀枪剑戟'，趁早都拾掇到家里去，谁都别心存侥幸。"

说到这儿，他停顿了一下，目光朝班级最后一排看去："尤其是你，姜周易，抓紧时间把你桌腿边立着的工具箱处理掉，一天到晚学生没有个学生样，真当学校是你家修理铺了？"

正趴桌子上睡觉的少年茫然地抬头，朝刘仲双手合十，声音中带着没睡醒的慵懒："OK，您放心，我放学就拿回家里去。"换了个姿势，继续睡。

"烂泥扶不上墙。"刘仲暗骂了一声，又嘱咐了几句有的没的，回了办公室。

刘仲一走，班里的人相继交头接耳。

一片嗡嗡声中，曲乾咋咋呼呼道："姜老大，难不成你还真要把工具箱拎家里去啊？让老爷子知道你不听他的话，上学期间跑私活不就黄了吗？"

"当然不能让我爸知道，我唬刘仲的。"姜周易说得坦荡。

早在高中入学的那天晚上，他曾跟父亲姜海约法三章：上学期间，一不打架，二不考试作弊，三不碰工具箱。前两条，他一直遵循着，至于第三条……现今家电维修行业实在不景气，再加上姜海岁数大了，身体虽说没大毛病但也小伤不断。他总觉得心里过意不去，出去跑活累是累了点，但能赚些钱日子也充实。反正他的学习成绩差到垫底了，再差也差不到哪儿去了。

“那这玩意儿得拿到哪儿去啊，寝室也不让搁，否则扔我床铺就行，咱总不能放老刘办公室吧，他也不能让啊？”曲乾跟着操心。

“车到山前必有路。”

一只手绕到椅背后将校服拽下来，往脑袋上一披，姜周易语气烦躁：“困了睡觉。”

曲乾偏头，向尹朝朝求助。

“多大点事啊，不就是个工具箱嘛。”

尹朝朝凑近那个被校服盖住的发顶，偷偷掀开一条缝隙，小声地向少年请缨：“大佬您放心，我给它个好去处。”

将功补过。

体育组办公室就在十六班楼上，尹朝朝抱着工具箱溜上去的时候，正赶上几名高年级学生取体育比赛报名表，她混在队尾，滥竽充数。

幸好，办公室里只有尹瀚生一人。

等闲杂人等都走了，她笑嘻嘻地露个脸，喊了一声：“爸。”

尹瀚生皱着眉抬头："尹朝朝，我跟你说多少遍了，在学校要叫我什么？"

尹朝朝急忙正色道："尹老师。"进了屋，她扯了把椅子坐下，"尹老师，不是我说您，一天到晚少皱眉，您看您，一天没见，抬头纹又深了。"

"少跟我贫嘴，"尹瀚生看了眼腕表，面容严肃，"这个时间点，你不在班里好好上课，上我这儿瞎晃荡什么？小心我告诉你班主任。"

"我这不是有点事求您嘛。再说了，我又不傻，反正班主任问我为什么翘自习，我就说体育老师找我有事，好歹是您课代表嘛。"

"真不知道你这副伶牙俐齿的样儿是随了谁。"

"那还能随谁呀，当然是您那貌美如花的……前妻，也就是我的老妈，何朝兰女士啦。"尹朝朝故作淑女地捋了捋鬓角，切入正题，"怀旧的话，咱改天再聊啊，我今天有正事相求。"

尹瀚生不拿好脸色看她："正事？正事就是给姜家那小子跑腿，找地儿搁工具箱？"

"哟，您老真是料事如神，什么事都难逃您的法眼。"

尹瀚生敷衍地瞥了她一眼，那么大个工具箱，是个人都看得见！

更何况，他这个女儿，无事不登三宝殿，有事找他不是自个儿的，就是姜家的。

尹朝朝夸完一句，便开始挑尹瀚生话里的刺："不是我说您，您跟姜海叔叔也都是二十几年好哥们了，能别总管人家儿子叫姜家那小子好吗？

说起姜周易这名，还不是您给起的啊。”

姜周易，尹朝朝。

这俩名字，一个有太阳，一个有月亮。是自打娘胎起，就安排好的青梅竹马。

尹瀚生搓了搓掌心，没说话，示意她继续。

尹朝朝持续蓄力：“再说了，您这‘电器杀手’一年到头闯多少祸呀，不是今儿微波炉坏了，就是明儿电饭锅不跳闸了。哪次不是一个电话打到我姜叔叔那儿，人家爷俩二话不说就帮您修……”

“更何况，学校一年到头检查不了几次，也就是这回情况特殊，寝室不让放了。我就放个工具箱，也占不了您卷柜多少地方，等检查这阵风过去，我立马拿回来，还不行嘛。”

尹瀚生揉了揉太阳穴，老父亲的醋劲上来，忽然灵魂拷问她：“姜周易就那么好啊？从小到大我一说他你就护着，胳膊肘往外拐，拐得都要掉了！”

“那是当然喽。”尹朝朝不假思索。

尹瀚生大着嗓门：“他哪里好了？”

“哪哪都好。”尹朝朝轻描淡写道。

“行啦，东西放这儿，你走吧。”尹瀚生摆手撵人。

常言道，嫁出去的女儿泼出去的水。

尹瀚生看着自家闺女雀跃离开的背影，心里愤愤：他家这盆水，怕不是现在就泼出去了。

“姜周易，你怎么在这儿？”

刚出办公室，尹朝朝看见对面器材室门口站着的人，险些惊掉下巴。

少年倚着白墙，神态懒散：“还篮球。”

尹朝朝得意地向他报告：“工具箱我放去老尹同志办公室啦，绝对安全，你放心吧。”

“知道了。”

“那我先回班上了啊。”

“嗯。”

尬到聊不下去了。

尹朝朝撇嘴，转身走得干脆。

早知道她就不在老尹面前夸人了，分分钟被打脸。

狗屁的兄弟情！

全然不知身后的少年渐渐地红了耳根。

姜周易站在原地，怀里抱着个篮球，一直保持着倚墙的姿势，像一尊雕塑。

方才尹朝朝和尹瀚生的对话，他虽然是无意间听到的，但也都流进心坎里。

特别是那两句——

“他哪里好了？”

“哪哪都好。

他不知为何觉得心里有点甜。

直到视野中，那束熟悉的马尾辫变成一个小黑点，女孩的身影在走廊深处消失不见，他才收回目光，继而抬手去敲器材室的门：“老师，我来还球了。”

04

为期一个月的跑腿生涯步入尾声时，新学期第一次月考即将来临。

早自习课上，所有人不约而同地翻出文综那三本书，同桌为一组，互相监督彼此，过筛子似的背诵知识点。

抄完两张数学试卷，曲乾有样学样地掏出政治课本，撞了撞同桌尹朝朝的肩膀。

他昨晚花了很大劲儿背下政治老师画的两页重点，心中学渣的成就感爆棚，想找人显摆一番。

谁知他还没开口，尹朝朝率先回绝：“今儿写大结局，没空，你找后桌大佬吧。”

曲乾抻着脖子看过去，就看见了这样一幕——

旁边的尹朝朝双臂拄着桌子，神情专注地看着面前摊开的语文书，时不时用手里的油性笔圈两下做标记，一副专心致志的模样。然而，这一切都是假象。语文书下压着一个薄薄的笔记本，她笔头转得飞快，在上面迅速留下一行行乱糟糟的字迹，为时下青春文学的大业添砖加瓦。

曲乾忍不住问："尹朝朝，我就想不明白了，你每天写小说都快入魔了，怎么还没从年级第一的宝座上下来呢？学习好有秘诀呀？"

"有啊。"尹朝朝指了指自己的脑袋，"这里，天生的机智。"

曲乾做呕吐状，他不服气："那我考你一个知识点。"

"OK！"尹朝朝敷衍地应了一声，依旧奋笔疾书。

曲乾翻了翻政治书："传统文化的特点有哪些？"

"三条。相对稳定性，鲜明民族性，双重作用，作用分积极和消极两方面。多以选择题形式出现，大题的话，每条详细阐述还有一段……"

曲乾嘴角微抽，打断她："下一题，影响文化发展的重要因素是什么？"

"共有四条：社会制度更替，科学技术进步，思想文化运动，教育。跟上题一样，都有一段详细阐述，前三条理解去记，结合材料题。教育这个知识点只需记住一句'教育是人类特有的传承文化的能动性活动'就行了。"

曲乾惊诧地睁大眼睛："什么？那我岂不是白背这一页了？"

.053.

他晃了晃脑袋，换了历史书来考她：“董仲舒的主张有哪些？”

这一题的答案在教材中比较分散，没连成段落。他认真地数了数：“一共六个哟。”

“春秋大一统、罢黜百家独尊儒术、君权神授，天人合一和天人感应学说，”尹朝朝顿了一下，不疾不徐道，“还有一个三纲五常，三纲是指君为臣纲、父为子纲、夫为妻纲，五常是说‘仁义礼智信’五种道德标准。”

尹朝朝转了转酸涩的手腕，偏头看他：“还考吗？”

曲乾苦哈哈地摇头，学渣何必要和学神正面交锋呢？

他转身去找后桌大佬，他在班上排名处在下游，险些垫底。而姜周易就是那个底，倒数第一。

他试图寻求点安慰，哪承想一回头，大佬没趴在桌上睡觉，竟正襟危坐着看书。

曲乾危机意识顿时觉醒，难不成学渣大佬要奋发图强了？

他欠欠地伸出手，拨弄了一下书的封皮，看到书名——《电动机维修图解》，悬着的心踏实落地了。

嗯，大佬还是那个“不务正业”的大佬。

但接下来，他就有点看不懂了。

姜周易握着油性笔在纸上作画，曲乾一开始没细看，以为是乱涂鸦，渐渐地，一幅线路复杂的电路图跃然纸上。

一般情况下，维修人员学习这方面的操作技巧，背下图解步骤即可。很少有人会去模拟平面电路图，他粗略地数了数光是开关和电阻就有十几个，和初中物理课上学的简单电路图完全不是一个级别，更像是设计室内线路的专业人士所绘，复杂而有序。

洞察到大佬的物理天赋，曲乾不禁问道："姜老大，你当初为什么不去读理科呢，一来学到的知识维修时用得上，二来也是兴趣使然哪。"

尹朝朝也好奇地转头附和："对呀，为什么？"

姜周易笔尖一顿："没有为什么。"

曲乾惋惜地叹了一口气，抒发感慨："文理分科的选择真是世纪难题，以后还有漫长的两年，不能跟喜欢的事物打交道，该是多么令人难过的事情啊。"

姜周易没搭话，淡淡地瞥了尹朝朝一眼。

难过吗？他倒不这样觉得。

月考定在这个周六，一考考两天。

教师组加班加点判卷子，三四天的工夫，年级大榜新鲜出炉。

此时是周四，早自习刚结束，刘仲沉着一张脸进班："新学期第一次月考很不如人意，个别同学，做好来办公室喝茶的准备。"

他将印好的一沓成绩单扔给学委方懿："这个发下去，人手一张，回去以后各自让家长在成绩单上签字，周一早上收回来。"

底下一片哀号。

这次考试，数学和英语稍简单，文综难度没怎么变，语文却有些刁钻。

尹朝朝出考场时就觉得不妙，跟同学一聊，发现大作文立意跑偏了。

果不其然，成绩单拿到手，她的数学和英语在145分以上，语文勉强搭了120分的边。好在文综发挥出色，甩了第二名快20分，总分合计676，再次捍卫文科第一。

曲乾这次有所进步，由倒数第五进击到倒数第十，从成绩单到手那一刻就原地旋转跳跃不停歇，没等尹朝朝出手制止，有人先她一步。

后桌姜周易不胜其烦，顺手拿起一本书，卷成圆筒，对着曲乾后脑勺敲鼓："给我消停点！"

曲乾撇嘴，总算安静了。

尹朝朝看成绩单的视线刚好下滑到最后一栏，便看到那个熟悉的名字。

毫无悬念地，姜家大佬依旧倒数第一。

"姜周易，老师让你去一下办公室。"

第七节课下课，学委方懿在门口传话。

尹朝朝拽着班里一个小姐妹从他身边路过要去上厕所，喊了一句：“旁友（朋友），借过一下。”

“等等，”方懿叫住她，“尹朝朝，还有你，也得去。”

“我？”尹朝朝花容失色，见对方郑重地点头以后，忽然有种不祥的预感。

“先说说你俩谁呢？”

办公室里，刘仲喝了口茶水，跷起二郎腿，眸光冷峻地审视来人。

尹朝朝不动声色地往后退了退。

刘仲装作没看见，抓起桌上的用红笔标记多处的成绩单，叫姜周易上前一步。

刘仲说：“总分330，还没尹朝朝一半多。别的学科我操心不了，就说说这语文，好歹我还是你班主任，考36分？还是所有科目中最低的？你能给点面子吗？用不用我也跟着同学喊你一声大佬？”

“老师，您别……”姜周易当真是若有所思的样子，“学生承受不起。”

“承受不起？别呀，你承受得住！”刘仲从一摞答题卡里翻出姜周易的递给他，“你这一整张卷子，从头到尾，答得那叫一个不知所云。选择题一共做对了三个，基本避开正确选项。主观题就说作文吧，这次的看图作文是比较难，但没词哪怕硬憋也不能写歌词啊！”

刘仲掐了掐自己的人中，自我抢救了一下，又说：“我得承认你练了一手好字，像字帖上临摹下来似的，卷面分最高五分，都给你。”

“谢谢老师。”姜周易冷不防插话，一副面瘫脸，“我知足了。”

旁边尹朝朝抿嘴偷笑，只要姜周易愿意，他能分分钟将刘仲气到开启尖叫鸡模式。

“尹朝朝，我没说你是不是，还好意思笑？”刘仲顺势转移枪口，又将尹朝朝的答题卡翻出来，和姜周易的作比较，“尹朝朝，我就想不明白了，你一个小姑娘家，字怎么能这么磕碜呢？一团又一团，勾勾抹抹的，乱糟糟一片，看得我眼前一黑。”

尹朝朝不情不愿地凑过去。

刘仲剜她一眼，讥笑道：“你还笑话姜周易，依我看啊，你还不如他呢，最起码人家能得到卷面分，至于你，我一分都不想给！”

尹朝朝尴尬地搓了搓脑门，赧然地笑。

姜周易咳嗽了一下，逼仄的余光映出身边女孩通红的耳根，心情愉悦地扬起嘴角。

尽管成绩差，但他好在还有能扳回一局的地方。

这次“喝茶”持续了将近二十分钟，尹朝朝最终收获一本正楷字帖。刘仲要她即日起加强练字，并且钦点姜周易作为她的指导老师负责日常督促工作。

从办公室出来，尹朝朝挺直的小身板一下子垮了。

她呆头呆脑地望着姜周易，忽然开口："有句话怎么讲来着？字如其人，我的字被贬到一无是处，是不是意味着我人也长得丑啊？"

"是，"姜周易毫不留情地肯定道，"好在你还有点自知之明。"

尹朝朝一听，气呼呼地往前走。

走廊里时不时有三两成群的同学经过，她的注意力一下子被对方手里的辣条吸引，她忍不住咂了咂嘴，听到身后脚步声，她忽然灵机一动，开始酝酿抽噎的情绪。

姜周易正为自己说的话有些懊悔，几步追上去，别扭地关切道："生气了？"

谁料尹朝朝"哇"地就哭出来了，眼眶通红，表情哀怨得仿佛一只被抢了萝卜的小兔子。

她拿捏着抽噎的分寸，断断续续地控诉："你太……太过分了，你可以说我丑，但不能……说字丑啊……"

姜周易几乎都要当真了，瞥见尹朝朝两眼直勾勾地盯着路人手里的零食，嘴角偷偷上扬起来。

他一下子洞悉了她的小伎俩："那怎么办，带你去小卖部？"

"好。"尹朝朝一秒钟挺起小胸脯，仿佛刚才当众哭号的不是她本人，"我们走吧。"

姜周易无奈地摇头，这人“蠢萌”两字全占了。

到小卖部以后，尹朝朝直奔辣条区，一包接着一包地往怀里塞，乐得像个二百斤的胖子。

姜周易实在见不得她这傻样：“你这样屯粮，没等开始吃呢，先饿死了。”

辣条区单独摆了一排货架，这会儿有两个阿姨正在上新，地上七零八落的货件还没来得及拆开，姜周易随手拽起其中一个巨大的透明包装，里面装了几十包尹朝朝最爱的那款辣条：“辣条是吗，这一包够不够？”

尹朝朝眼前一亮，火速抛弃怀里的小鱼小虾，欣喜若狂地点头接过：“够了，够了。”

这种突如其来的喜悦一直持续到结完账行至小卖部走廊上。

一个灯光昏暗的拐角处，尹朝朝撞见一对情侣，两人正旁若无人地你侬我侬着。

尹朝朝无比庆幸，幸好小卖部有东西两侧门，还可以换路走。

她正欲转身，姜周易忽然将手心覆在她眼睛上，她蓦地眼前一黑，微微有些吓到。

姜周易不动声色地笑了，凑近她耳边调侃：“两个当事人都不知避讳，你一个围观群众有什么好害羞的？”

他轻轻一瞥，面前那寸雪白的脖颈以肉眼可见的速度变红。

他一怔，嘴角的笑意又添几分，他从前怎么没注意到这个人容易害羞呢？

尹朝朝慢半拍地回应：“我我……我才没有。”

姜周易虚张声势：“那我把手移开？”

“别，别呀。”

尹朝朝一秒认怂，抬手覆住他的，轻拍一下：“你帮我挡着点视线，我们快走吧。”

手背与手心相抵，清晰地感知到对方的温度，姜周易微微失神，深吸了一口气，却令鼻息充斥着属于她的淡淡的洗发露香味。

像夏天的西瓜，初冬的金橘，有点清新又有点甜。

他有点想要感谢那对小情侣。

05

隔天一早，尹朝朝进教室时，便嗅到一股八卦气息。

曲乾一看见她，扯着嗓子分享消息：“学校突击抓早恋，在小树林逮住好几对小情侣，其中一个高三男生还把教导主任给打了，直接开除学籍。今天一大早，教导主任就叫各班班主任去开会了，刘仲指不定啥时候能回班上呢。”

“还有这种事？”尹朝朝一口水差点没喷出来，“那人什么来头啊？”

“据说是混社会的，认识不少校外混混，也算高三一霸了，好像叫……”曲乾有些不确定，“祝延还是朱延来着？反正都叫他延哥。”

“延哥？”

她顺口问了一句：“他耳朵上是不是有一排耳钉？”

“对对对！就是那个行走的非主流大少。”曲乾哈哈笑，“你咋知道的？”

“这个嘛……”尹朝朝目光掠过曲乾投向最后一排睡觉的少年。

似乎心有灵犀一般，对方这时抬头，两人眼神相接。

她狡黠一笑，故弄玄虚道：“保密。”

一直到第一节课下课，刘仲才回班上，说要调换座位。

个中缘由，所有人心照不宣。

刘仲神情凝重地走上讲台，环顾四周。

“想必不用我说，你们都已经知道原因了吧。学校三令五申不允许早恋，还是有人当耳旁风，这回好了，直接开除学籍。今天抽个课间，把班级座位调一调。

“不过呢，鉴于咱们班上男同学比较少，只有五个人。也不用大张旗鼓地折腾，局部调换一下，问题不大。”

曲乾在底下接话：“老师，怎么能说问题不大呢？我在咱班女生当中人气很高的！”

“人气？我看你是气人吧。”刘仲指了指第一排紧挨讲台的位置，“曲乾，就你了。正好方懿旁边有个空位，你收拾收拾搬过来。”

“啊？”曲乾目瞪口呆，“让我坐第一排？老师您的爱太沉重了，我承受不来啊！”

“少废话，”刘仲睨他一眼，“赶紧搬过来，让我好好稀罕你。”

曲乾看着尹朝朝，一脸的难舍难分：“朝朝，我亲爱的辣条朋友，我真舍不得你。”

尹朝朝“咦”了一声：“别恶心我，鸡皮疙瘩掉了一地。”

刘仲继续指挥：“后面的姜周易搬到曲乾位置上来，你和尹朝朝凑一桌。你们两个，好好向对方学习，姜周易你成绩提高点，尹朝朝你争取把字练得好看点。”

一提练字的事，尹朝朝蔫蔫地垂下头。

身旁的曲乾忽然咋呼起来：“好哎，好哎，我马上就搬走。”

作为青梅竹马的脑残粉，曲乾巴不得这一对能制造出一点小粉红，尽管舍不得后排风水宝地，但也无所谓了。

尹朝朝黑人问号脸，说好的舍不得呢？你这卦变得也太快了吧？

五分钟后，新座位调整完毕。

刘仲心满意足："我再重申一遍，禁止早恋。政教处那边，已经下发了通知，一旦发现男女生交往过密，不管是谈没谈恋爱，给予扣八学分的处罚，一学期就十二分，你们自己掂量着办！"

"老师，那要是有男生喜欢我怎么办？"曲乾再次插话，苦恼极了。

刘仲语噎了一秒钟，忽然拔高音量："那就双倍！扣你十六分！"

曲乾若有所思地摸了摸下巴，看向身边憨厚的同桌："方懿，你千万不要喜欢我，我会苦恼的。"

惹得大家哄堂大笑。

而实践证明，两个人如果成为同桌的时间久了，某些时候会"谜"之相似。

一片欢乐的氛围中，尹朝朝神秘兮兮地看着新同桌，也没头没尾地说了一句："姜周易，你千万不要喜欢我，我会苦恼的。"

拳头放到嘴边，姜周易不自然地咳了两下："尹朝朝。"

"咋了？"尹朝朝眨了眨眼。

班里欢乐的笑声这时消弭，所有人不约而同地向声源处投去目光。

曲乾抻着脖子张望。

只见姜家大佬伸手点了一下他那学霸小青梅的额头，愠恼又无奈地说："尹朝朝，脸如果不想要了的话，可以捐给国家。"

尹朝朝一听，从书包侧兜里掏出一枚圆圆的小镜子，照了照自个儿的脸。

大眼睛，高鼻梁，小嘴唇，眼睫毛也浓密。

她得意地扬起下巴，喜上眉梢：“不捐，不捐，我的脸好看着呢。”

曲乾咂了咂嘴，他喜欢的CP今天有点甜哟。

. Chapter 3 .

/从此朦胧美/

01

入秋以后，莫里市季节性流感肆虐。

在市卫生防疫部门的号召下，莫里一中召开紧急会议，下达两项通知——校内禁带外来食品，班内杜绝小食品。

这天早上，刘仲在班上突击检查，尹朝朝的“辣条宝藏”首当其冲。

刘仲推门进来：“尹朝朝，别藏了，赶紧把那袋辣条交上来！”

尹朝朝抱着辣条四处逃窜，边跑边求饶：“老师，您行行好。我这辣条是上星期买的，但学校政策这周才出台，从法学上讲，法律不溯及过往啊。”

刘仲气势汹汹走过去，眉头皱成绵延的山脉：“尹朝朝，你可以啊，还懂法律知识呢？”

由于两人海拔有一定差距，尹朝朝从刘仲阴沉的面色中察觉到了一种危险信号。

她面对着他，如同面对一座随时会爆发的休眠火山。

三十六计，走为上，尹朝朝露出拘谨的笑容：“略懂而已啦。”说完转身想溜。

谁料刘仲眼疾手快，一把拽住她的衣领：“历史遗留问题也不行！”说着，铆足了劲将辣条抢过去。

尹朝朝一下子蔫了。

刘仲将尹朝朝“请”回她的座位，嗅了嗅座位四周的空气，嫌弃道：“尹朝朝你自己闻闻周围的辣味有多冲，那辣条是啥好东西吗？成天就看你小嘴叭叭叭吃个不停，班里一股子怪味，我早就该没收了。”

尹朝朝还想再争取一下，但刘仲没给她这个机会。

甩袖离班前，刘仲瞪尹朝朝一眼，扔下一句话：“你们谁要是敢在教室里吃小食品，就等着挨收拾吧。”

一句话，警告意味明显。

姜周易倒完垃圾回班上时，就见到这样疯癫的一幕——他那同桌小青梅仿佛脑袋搭错了弦，一副龇牙咧嘴的丑样子，双手围绕脑袋上下挥舞的同时，嘴里还神神道道地说些什么……

他一下子便联想到了电视剧《情深深雨蒙蒙》里可云发疯时的场景。

两者何其相似。

论疯魔程度，姜周易觉得尹朝朝更胜一筹。

他实在没眼看对方那傻样儿，听曲乾解释过来龙去脉后，又有些忍俊不禁。

不过是几包辣条被没收，却弄得像世界末日来临一样，尹朝朝这个人，戏精无疑了。

走到戏精少女面前，姜周易揶揄道："尹朝朝，青天白日的，你抽什么风？"

"失心疯。"尹朝朝仰起小脸，直直地望着面前的少年，像唐僧一样念叨，"姜周易，刘仲把我的辣条宝藏没收了。里面有五六十包，我连一半都没吃到呢。你说刘仲收上去后会不会吃啊？吃了倒还好，如果不吃直接扔掉，我会很难过的，更有可能因为心疼那些钱，连饭都吃不下……"

她委屈得声音都带上了哭腔。

姜周易一时心软："给你一个重拾宝藏的机会，要不要？"

"要！"悲伤一秒钟下线，尹朝朝露出得逞的笑容，"就等你这句话呢。"

说完，她撒开脚丫子往班外跑，同时催促他："姜周易，你快点下楼，一会儿上课了！"

姜周易立即笑骂：“尹朝朝，你是不是傻啊！”

可转念一想，傻的哪里是她？分明是他啊！

一连两次，被这姑娘的眼泪糊弄得团团转。

说是要“重拾宝藏”，但尹朝朝清楚，鉴于刘仲的零食禁令，重新买一大包辣条目标太大，所以转悠了一大圈后，只将两包辣条收入囊中。

巴掌大的规格，每包仅五毛钱，几口就能轻松解决掉。

姜周易对此表示惊讶：“就这么点儿吗？”毕竟，从刚刚尹朝朝狂奔的架势来看，他都以为对方此次要将小卖部打包搬走呢。

“特殊时期，不得贪多。”尹朝朝眼珠一转，主意说来就来，“既然要让我重拾宝藏，就得和上次等量，对吧？”

姜周易呵呵一声：“有话直说。”

尹朝朝笑嘻嘻地说：“上次你买给我的那一大包里有六十小包。你也看到啦，我这次只拿了两小包，所以，温馨提示，姜周易同学，你还欠我五十八包哦。”

姜周易：“……”好想一脚踢走你以及你的小聪明。

结账时，尹朝朝碰见班上的学委方懿。对方买了一大堆面包和牛奶，东西足足塞了两个袋子。她琢磨着，面包和牛奶保质期都很短，没必要屯粮，正想好奇地问一句：“方懿，你买这么多东西做什么？”

身后，突然拥上来两个瘦高男生，一左一右，将方懿夹在中间，其中一个人说：“小方，你行不行啊，我们哥俩都饿死了。”

另一个人不由分说地夺走方懿手里的两个袋子。

两人扔下一句“谢了啊”，便大摇大摆走了。

尹朝朝被这一拨令人窒息的操作雷得不轻，茫然地看向方懿：“那两个男生是你朋友吗？看着面生啊。”

方懿苦笑着解释：“我室友，理科五班的，两人没带钱，我帮忙买点东西。”

听方懿这么一说，尹朝朝想起来了。

去年文理分科时，住校生的寝室也做了调整。

文科十六班共五个男生，除去姜周易外，剩余四人都住校。

莫里一中的寝室是三人间规格，曲乾和班上另两个男生住，方懿落单，不得已和外班男生混住。

既然是室友，相互之间，帮忙买个饭，带点零食倒也不足为奇。

可话说回来，尹朝朝总觉得哪里怪怪的。

她形容不出那种感觉，日后回想起来，只觉得那两个男生给人的第一印象不像室友，倒像是土匪，专职搜刮民脂民膏的那种。

不过，这些是后话了。

.071.

尹朝朝回班上时，距离上课还剩五分钟。

这一周，她和姜周易的座位，从班级最右边的靠窗位置，移到了最左边，紧挨班级后门。

在莫里一中众多班主任当中，刘仲是出了名的“趴后门”监视全班爱好者，一天至少得驻足张望八百遍。

所以，尹朝朝吃辣条时特意选了个隐蔽的位置——班级西北角饮水机旁的窗边。

好处有以下三点：一、监控盲区；二、左边有窗，随时通风；三、右侧有水，吃辣了能及时灭掉嗓子眼的火。

尹朝朝刚刚敲响如意算盘，西北角座位的主人曲乾同学便伸出“咸猪手”：“旁（朋）友，分一杯羹否？”

“否。”尹朝朝警惕道，“你别以为我不知道，当初刘仲‘抄家’时，数你笑我笑得最欢！”

吃不到葡萄就说葡萄酸，曲乾话锋一转，开始泼冷水：“朝朝，你历经艰难险阻求取辣条的经历固然可贵，但坐窗户边吃东西真不是明智之举，且不说容易灌一肚子风，当下流感凶猛，小心感冒。”

“呸呸呸！”尹朝朝凶巴巴地瞪大眼睛，不情不愿地分给曲乾一包辣条，“乌鸦嘴一个。”

一言不合就没好话。

02

曲乾的父母去海南出差，邮寄回来不少当地特产。

一大早，曲乾捧着一箱子东西，进了教室便吆喝：“同学们！下面我宣布，乾老板发福利时间到，我在班上走一圈，大伙别客气，想吃啥拿啥。”

十六班众人一直秉持着“有福同享，有难同当”的友爱理念，同学间分享美食的情景隔三岔五便上演一次，也正因如此大家谁都不扭捏，自然而然加入瓜分阵营。

以往这个时候，尹朝朝起哄起得最欢实，往往是曲乾话音刚落，她就象征性地叫嚣一句：“我也宣布，乾老板破产倒计时开始！”

然而今天，叫嚣者却安静得有些反常。

曲乾的视野中，尹朝朝面朝着墙趴在桌上，一动不动，像摊静止的烂泥。

他好奇地走过去，听到连续的擤鼻涕声。

他隐约觉得不妙：“朝朝，你……”

后面的话哽在喉咙里，这时曲乾瞳孔中的尹朝朝转身，他才得以看清一张憔悴的脸，眼神茫然，鼻头红红的，仿佛掉了一层皮。于是他问：“感冒了？”

尹朝朝正擤着鼻涕，看清来人，两眼瞪得圆溜溜，咬牙切齿：“还不是怪你！乌鸦嘴！”

.073.

昨天放学时，尹朝朝就觉得自己有些不对劲，头重脚轻的，还直打冷战。回家以后，连饭也吃不下。

睡觉前，尹瀚生喊她量体温，一测 37.2℃。尹瀚生说：“体温正常，不算高烧。”

她便没当回事，喝了杯热水，就往被窝里钻，心想睡一觉便好。

哪承想一觉醒来，是没发高烧，但嗓子痛，咽口水都费劲，鼻涕还流个不停。

听完尹朝朝义愤填膺的控诉，曲乾歉疚道：“我也没想到自己乌鸦嘴的功力那么厉害呀，那你早上吃药了吗？”

尹朝朝摇头，拿起桌上空空的保温杯，有气无力地说：“行啦，感冒也怪不得你，你起开，我到饮水机前接个水。”

“我，我去！”曲乾抢过保温杯，“您歇着。”

尹朝朝一脸怀疑：“无事献殷勤，说，你打什么鬼主意呢？”

曲乾委屈：“尹朝朝，你是被骗大的吗？好歹我们当了一年同桌，你这反应太伤我心了。”

尹朝朝估摸着对方就算再怎么淘气，也不敢在她生病这个节骨眼上胡作非为，于是说：“好了好了，我错了，你去接水吧。”

曲乾乖巧点头，一转身，笑得狡黠。

在他校服口袋里放着两颗被锡箔纸包裹的糖球：一颗是金色锡箔包裹

着的，里面是榴莲糖；另一颗是银色锡箔包裹着的，里面是椰子糖。

到饮水机前接完水后，他趁四周没人注意，偷偷将糖纸掉了包。

最后一片药滑进喉咙，尹朝朝感叹："我人生中最艰难的吞药时刻终于暂告一段落了。"

曲乾瞄准时机，将包裹着榴莲糖的银色锡箔球扔在桌上："药挺苦吧？喏，含颗椰子糖能好受些。"

尹朝朝将之拾起，狐疑道："曲乾，你突然这么贤惠，我有点不适应。"

为了不使尹朝朝疑心，曲乾赶紧说："过奖了，昨天的数学卷子借我模仿一下呗。"

尹朝朝没多想，回身将书包里的数学书递过去："夹在里面呢，你自己翻。"说完，三两下剥开锡箔纸，毫不迟疑地将糖球扔进嘴里。

曲乾心底憋笑。

与此同时，他扮演起了智障的角色，装作认真地翻书却怎么也翻不出卷子，来来回回翻了两遍，终于将味觉丧失的吃了榴莲糖而不自知的尹朝朝激怒。

尹朝朝刚一开口："曲乾，你笨……"

"天哪！尹朝朝你疯了吗？"曲乾忽然拔高嗓门，打断她的话。

"啥？"尹朝朝疑惑问道。

曲乾捏住鼻子，表情痛苦："唔，尹朝朝，我没想到你居然是这种人！

一大早就吃榴莲糖，你熏死我算了！”

“我呸！”

如同一个进击的豌豆射手，尹朝朝迅速吐出嘴里的糖球：“曲乾！你耍我！”撸起袖子，她气势汹汹地追过去喊打喊杀。

罪魁祸首曲乾仓皇出逃。

逃跑过程中，他一不小心撞到方懿的桌子，致使对方放在书桌里的笔袋掉了出来。

紧随其后的尹朝朝及时刹住脚，弯腰去捡。

笔袋落地的那一面，拉链只拉上一半，伴随尹朝朝一个拎起的动作，掉出一张方形字条来。

她不经意地一瞥，发现是张欠条。

内容简明扼要：今欠方懿五百元。

视线落到底下的落款处，看见两个人名：肖勇，汪成。

已经逃出班级的曲乾这时回头，见尹朝朝盯着一张字条看得入神，在好奇心驱使下折回去一探究竟。

目光投向字条，他忽然道：“这两人我知道，是方懿的室友。”

再仔细瞄一眼欠条上的金额，他纳闷道：“五百块？方懿什么情况？一次性借出去大半个月的生活费？”

方懿的家庭并不算富裕，他上头有两个哥哥，都老大不小了，还没娶到媳妇。他一个月固定八百块的生活费，一半用在吃饭上，另一半用来买文具和辅导书，是班上尽人皆知的事。

听曲乾这么一说，尹朝朝忽然想起上次在小卖部目睹方懿零食被抢的那一幕，她觉得这里面似乎有猫腻，于是问曲乾：“方懿的室友和他关系好吗？”

“应该不错吧。”曲乾阐述理由，“你要知道，这个时代，谈钱是很伤感情的。兴许是他室友有燃眉之急呗，你又不是不知道方懿，心肠好得很。”

尹朝朝觉得曲乾说得也有道理，但不知为何，心头像是有一团迷雾萦绕，搅得她心神不宁。

03

尹朝朝很快发现不对劲。

中午在食堂，她跟着姜周易去打饭。

尹瀚生有令，流感期间，不许她在校外就餐，只能吃食堂。

尹朝朝表面上做出一副不情不愿的样子，内心却乐开花。毕竟，她刷的是尹瀚生的教职工卡，吃饭不用花自己的钱，这也就意味着，零花钱能全部攒下。

.077.

排队时，两人再次偶遇方懿。

对方在隔壁档口，刚打完一份饭，刷卡时显示余额不足，试图跟打饭阿姨商量：“阿姨，我明天把饭钱补上行吗？”

“学校不赊账啊，同学，要不你管旁人借一下卡？”新来的阿姨跟着犯难。

尹朝朝喊了一声方懿，径直走过去，将饭卡递给打饭阿姨：“您刷我的。”

救星登场，方懿大喜过望：“朝朝，谢谢你啊。”

“一个班的同学，不用这么客气的。”想起上午误打误撞发现的欠条，尹朝朝半开玩笑半试探，“方懿同学，你到底经历了什么？这才月中，你的饭卡余额就不足了？”

方懿无奈地笑：“也没什么原因，生活费借给了朋友一些，忘记充饭卡这事儿了。”

一日三餐都在食堂吃的朴实小孩会忘记充饭卡吗？

答案显而易见。

尹朝朝思量着，方懿或许在撒谎，但她也不能确定。于是，她循循善诱：“那向你借生活费的朋友什么时候能还啊？”

方懿笑了笑没说话。

姜周易却敏锐地察觉到对方眼底稍纵即逝的一抹难色。

早在上午，尹朝朝将方懿的笔袋物归原主以后，就将发现欠条的事告诉了姜周易。

她向他说出心中的疑虑："我也知道室友之间相互借钱，解一下燃眉之急是很正常的事。但方懿那两位室友给我的感觉很怪异，还记得上回小卖部的偶遇吗？除非是铁哥们一般的交情，否则哪有人一上来就直接从别人手里抢袋子的，而且看方懿局促的神情，也不像是很熟络的样子。这回更奇怪，弄一张五百块的欠条，把方懿大半个月的生活费都借走了。"

她继而提出一个可怕的想法："你说，会不会像电视里演的那样，表面风平浪静的寝室生活，实际暗藏校园暴力，方懿被外班室友欺负了？"

姜周易当时只以为尹朝朝像往常一样开启了作家脑洞小剧场，他也没往深层次方面想，此刻见方懿脸色异样，立即反应过来，跟尹朝朝递了个眼神。

青梅竹马这么多年，只一个眼神，尹朝朝便知道，他跟自己想到一块去了。

姜周易接着尹朝朝的话茬往下聊："方懿，你最近在生活上遇到什么难处了吗？有什么事不方便跟班主任反映，也可以跟我这个班长聊聊。"

方懿憨憨摇头："我挺好的。"

话虽如此，飘忽不定的眼神却暴露了他此刻的不安。

尹朝朝沉不住气，干脆交代："方懿，对不起，早上我不小心将你的笔袋撞掉了，里面掉出一张字条，我阴错阳差看见了……或许，生活费在你室友那里吗？”

闷头扒完餐盘里的饭，方懿苦笑着“嗯”了一声，这一刻他脸上没有刻意维系的笑容，露出原本倦怠的神情：“自打换寝室后，新室友隔三岔五便找我借钱，起初还了几次，后来一直拖延着说什么手头紧，攒到下次一起还。到现在连说都不说了，直接从我钱包里拿钱，完事扔张欠条给我。”

方懿长舒一口气，板正的坐姿颓下来：“班长，你能不能帮我跟班主任说一声，说我想换个寝室。钱拿不回来就算了，至少住得自在一点。”

尹朝朝听得心底“咯噔”一下，很难想象，方懿这样好脾气的老实人，竟也有隐忍不下去的时候，足以想见对方的行径远比他描述的恶劣。

她下意识地去看姜周易的表情，只看见对方脸上波澜不惊。

姜周易轻轻地点头，云淡风轻地允诺：“方懿，你放心，这不是什么难事，我会替你办到的。”

尹朝朝静静地望着他。

越关切的事情，越要以平淡的口吻说出来。

姜家大佬果然独特。

吃完饭，三人出了食堂，姜周易对其余两人说：“你们先回去，我有点事要办。”

食堂左侧紧挨着理科教学楼，尹朝朝见姜周易目光往那边偏了一下，瞬间机灵道："方懿，你先回班上做题吧，我吃太撑了，闲逛两圈。"

方懿点头说好，横穿操场，疾步向文科教学楼方向走去。

身后，尹朝朝拽着姜周易站在原地。

尹朝朝问："姜周易，你要去哪儿？要找方懿室友讨钱吗？"

姜周易理所当然地点头，低头瞄了一眼被死死攥住的校服袖子："你知道还拦我？"

尹朝朝猛摇头："我不是，我没有，我自告奋勇，要和你一起去。"停顿一下，她神情坚定地说，"在那之前，我们有必要回去取一下工具箱。"

"取工具箱干什么？"

"当然是担心他们欺负你啊！"

面前是秋风瑟瑟的空旷操场，忽然蹿到他眼底的十七岁少女瞳仁中火光冲天："我必须取俩扳手傍身，谁要是敢打你，我第一个冲上去，敲他的头。"

姜周易被逗笑："尹朝朝你是不是傻，居然敢用扳手敲头，真当打地鼠游戏呢？"

尹朝朝"哎呀"一声，囧着一张脸："我不是想保护你嘛，领悟精神好不好呀？"

姜周易拉着长音"嗯"了一声，少年脸上挂着无畏的笑，傲娇的语气中还掺着一点儿霸道：“尹朝朝，你省省吧，哪怕是天塌下来，也由我顶着。”

04

刘仲这个中午没回家吃饭，在办公室判语文小篇题。

小篇题是最近才出现的一项课间考核，共计五道选择题，两道成语题，两道病句题，压轴的是语句排序。题目源自他自己整理的题库，里面汇集历年高考真题和全国知名高校的模拟卷。

刘仲每天抽选一个课间将小篇题发下去，要求学生十分钟之内答完并上交，锻炼大家的答题速度。

他是典型的刀子嘴豆腐心，虽说平日不止一次地对十六班众人撂狠话：“你们啊，一群牵着不走打着倒退的玩意儿，我对你们的成绩不抱希望了，剩下两年，好自为之吧。”但等气消了以后，又开始费心琢磨提高学生成绩的法子。

小篇题战略执行了半个月，大家或多或少都有进步，从前错四个的，现在错一个，更有一大部分人做到全对。除了……

卷子判了五十多张，刘仲碰上一张五道题全错的，扫了一眼姓名栏上姜周易遒劲恣意的笔迹，气得脑壳疼。

突然间，办公室的门被人撞开。

十六班的一名学生神色慌张地冲进来："老师，不好了，班长和外班人打起来了！"

"什么？"刘仲一下子就急了，"姜周易这家伙，他人在哪儿呢？"

"理科五班门口！"

刘仲从椅子上弹起来，火气值飙升："什么？理科五班？我倒要看看他打的是哪门子的仗，都给我打到理科教学楼了！你还愣着干什么，赶紧带路！"

理科五班外的走廊上，看热闹的人围了里三层外三层。

刘仲气冲冲赶过去，厉吼一声："看什么看，都给我回班上去！将全员遣散！"

他一脚踏进班里，只见地上趴着两人"哎哟哎哟"地直喊疼，其中一个还鼻血直流。

姜周易和尹朝朝就坐在教室大门正对着的窗户上，万分闲适地吹风。

两人似乎早就知道刘仲会来，表情一点也不诧异，相继从窗户上一跃而下。

教室内的桌椅板凳东倒西歪，书籍散得到处都是，随处可见打斗过的痕迹。

刘仲脸色铁青："谁先动手的？"

地上趴着的两人相互搀着站起，其中一个恶人先告状：“刘老师，你们班姜周易先打的人！”

“呸呸呸，你要不要脸，明明就是你们先动手的！”尹朝朝气呼呼地说，“有本事咱们调监控去，说谎的是小狗！”

双方争执不休，刘仲气得头皮发麻，手指了一圈：“还嫌不够丢人是不是？你们四个，跟我去办公室！”

尹朝朝努了努嘴：“去就去！”

她蹿到姜周易身后去，笑嘻嘻地对少年说：“我们走！”

姜周易笑她：“狐假虎威。”

尹朝朝一本正经地点头：“你说得对。”

不知道为什么，只要站在姜周易身后，她的底气就是很足。

“说说吧，这次又是怎么回事？”

办公室里，刘仲直截了当地审问姜周易。

姜周易也言简意赅地答：“方懿的生活费被室友借走了，对方迟迟不还，方懿没钱吃饭了，我知道这事后，就想帮忙要回来。”他指着理科五班那两人，“欠钱的就是他们。”

说时迟那时快，姜周易刚讲完话，理科五班的班主任闻讯赶来。一进门，他先笑呵呵地跟刘仲问声好，随后脸色一变，对着方懿两个室友的屁股各踢一脚：“肖勇、汪成，你们俩长本事了啊，借钱不还，活该挨揍！”

尹朝朝抿嘴偷乐，心底叫好。

刘仲这时继续和姜周易的谈话，他合计着姜周易好歹是伸张正义去的，焦躁的神情有所缓解：“出发点是好的，帮同学要钱大可以好声好气地说，为什么要动手打人？”

姜周易没有立即回应，而是回想了一下和尹朝朝去五班时的场景。

平心而论，他一开始是奔着讲理去的。

因为心里一直记着和姜海的约定，在校期间不动手打人，与此同时，他也明白身为班长应该有大格局，甚至讲出了“谁家钱都不是大风刮来的，有借有还，再借不难”等一系列委婉又语重心长的话，但对方就是一副“要钱没有要命一条，就算天王老子来了我也不怕”的嚣张嘴脸。

如果是这样也就算了，他只当对牛弹琴，不会有多气愤。关键是对方出言不逊往尹朝朝身上泼脏水，说什么她一个小女生成天围着他转，说好听了是青梅竹马关系好，说难听点叫女孩不知羞。

总之，话说得不多，但句句都很难听。

偏巧姜周易这个天蝎座少年最大特点就是护犊子，尽管平时嫌弃尹朝朝嫌弃得要死，但她是从小跟他一块长大的人啊，只有他能欺负，别人骂一句都不行。

所以，当对方拳头挥过来时，他索性不躲了，直接过肩摔伺候。

而此时此刻，姜周易在发觉方懿那俩室友即便疼得龇牙咧嘴仍不甘地冲他瞪眼后，冷冷地回复刘仲：“怪我一时冲动，现在后悔了……”后悔没多揍几下，揍到他们满地找牙！

刘仲说：“你说说你，这么一闹，把人家班上的椅子都砸烂好几把，你打算怎么办吧？”

姜周易坦然：“我自己闯的祸我自己承担责任，桌子椅子有损坏的，我照价赔偿。”

想到方懿的事还没个正式结尾，他对刘仲和理科五班的班主任说：“两位老师，今天这件事是我鲁莽了，你们怎么处罚都行。但肖勇和汪成管方懿借的那些钱，我是一定要讨回来的，并且一毛钱都不能少！”

五班班主任说：“你放心，明儿上课之前，我一定让他俩还回去。”

肖勇哀号：“明天？我上哪儿凑钱去啊？”算一算，方懿“借”他们的钱都有两三千块了。

五班班主任狠狠地掐了肖勇的胳膊一下：“我管你上哪儿凑去，你就算沿街乞讨，也得把钱给我凑齐还回来。不然的话，这学你别念了，趁早回家！”顿一下，抬手去扯另一个罪人的耳朵，“还有汪成，你也是。”

姜周易和尹朝朝相视一笑，真是大快人心啊。

这时，刘仲清了清嗓子：“姜周易，别以为替方懿抱不平我就能轻饶了你。既然你都说了什么处罚都行，去操场上，罚跑四圈。”

“不是，凭什么啊？”尹朝朝抱不平，“姜周易又没做错什么，凭什么罚跑啊！”

“就凭他行事莽撞，今天闹了这么一出，在学生之间造成了不良影响。替同学讨公道本没有错，关键他方式不对，要是以后谁都跟他一样一言不合就冲到班上打人，学校成啥了？”

尹朝朝不服气：“那要罚的话也不能只罚他一个人！”她指了指正幸灾乐祸的方懿室友，“他们也得一起！”

五班班主任来这一趟本来就很丢脸了，听尹朝朝这么一说，更磨不开面子：“肖勇、汪成，你们俩也罚跑四圈去！”

刘仲无言地瞪尹朝朝一眼，那意思是：你满意了？

尹朝朝笑嘻嘻地点头，满意，十分满意。

事后，刘仲找到方懿了解情况，得知姜周易所言句句属实，问方懿想怎么办，是找几方家长好好聊一聊，室友间化解矛盾在寝室继续住下去，还是调换寝室。

方懿选择了后者。

一直到方懿离开二十几分钟后，刘仲还没能从歉疚中缓过神来。

他自认工作以来一心扑在岗位上，凡事已经足够尽心尽力了，但在学生工作中，他仍不可避免地有疏忽大意的时刻。

为此，他深深地反省。

05

秋天的晌午早已没了盛夏的炎热，操场上偶尔起风，也是卷着凉意。

尹朝朝追随着姜周易从理科教学楼出来，裹了裹校服上衣，颇为义气地说：“有福同享有难同当，不就是四圈嘛，我陪你一起跑。”

“用不着。”姜周易低头看了一眼面前的人，衣着单薄，冷得牙齿打战，他一语拆穿她的逞强，“别说四圈，你一圈都跑不下来。”

“谁说的，万一我跑下来怎么办？”

“学校操场一圈是四百米，这四圈你要是跑下来，我就得恭喜你，完成两次体测八百米。以你这具亚健康身体来看，体测一次，四肢得缓三天才能不抽不酸。你自己算算，四圈跑下来你会怎么样？”

尹朝朝后知后觉道：“四舍五入一下，解锁一周的腰酸腿痛体验？”

“所以，你还跑吗？”

“不跑了。我给你喊加油。”

“我差你那一句加油吗？你赶紧回班上，当心感冒。”

“搞了半天，你是在担心我啊。”尹朝朝笑得狡黠，一张脸凑过去。

姜周易一只大手拍到尹朝朝脑门上，别扭道：“你少自作多情，我只是不想有一个感冒的同桌，到时候把流感病毒传到我身上！”他蹂躏几下她的头发，笑得邪性，“你要是真想有难同当，就马上回班上把我桌上那几张英语卷子写了。”

总算找到发光发热的地儿，尹朝朝爽快答应：“我这就回。”

等她回到教室后才发现，对方是故意骗她的。

桌上一共三张英语完形填空题，一张全选C，一张全选D，还有一张全选A，姜家大佬以极其不走心的方式将答案蒙完了。

尹朝朝看着窗外少年奔跑的身影，忽然有感而发，不声不响地打开笔袋。

她要为姜周易作一首诗，中心思想只有一个——意在赞颂少年勇于为同窗伸张正义的良好品德。

灵感如同滔滔江水源源不断地涌入脑海，她提笔就写：

姜家有子初长成。

周而复始护班宁。

易薄云天重情谊。

棒打恶犬留美名。

如你所见，还是首藏头诗。

完事，尹朝朝忍不住为文采斐然的自己点赞。

等姜周易罚跑回来时，她得意扬扬地将诗递过去：“写给你的，怎么样？”

.089.

姜周易粗略地浏览一遍，明知道对方在求表扬，他愣是不上道，故意气她：“不怎么样。”

“你仔细看，藏头诗哎！”

姜周易敷衍地“哦”了一声，表情冷淡得有些欠揍：“满分一百的话，勉强及格。”

尹朝朝呛了一口气：“说好的同桌情呢，就不能给未来的网文大神一点尊重吗？”

“网文大神？”姜周易毫不掩饰地质疑，“就你？”

“就是我！”尹朝朝挺起胸脯，“你别小瞧我，我可是有忠实粉丝在线催更呢。”虽然就十几个人。

姜周易一听，忽然来了兴致：“那你敢不敢跟我打个赌？”

“赌什么？”

“你现在有多少粉丝？”

“就，一百多一点喽。”

“赌你的粉丝数量下周一能不能破五百。”

“赌就赌谁怕谁，要是我达成了怎么办？”

最近一段时间，尹朝朝一直在攒钱买Kindle，姜周易忆起这事，索性用来做赌注：“要是你达成了，我送你一台Kindle！”

“你说话算话？”

“骗人变王八。”姜周易说，“但要是你输了，就得给我跑腿，两个月。”

尹朝朝心一横："成交！"

答应得爽快，实际行动时，尹朝朝却犯了难。

原因很简单，她不红。

高二开学前的暑假，她首次尝试将小说投放到小花网上去。

小花网是近几年兴起的一个小清新文学网站，主打青春言情，里面大神云集，她初来乍到，没名气，进门即是"扑街"。

如今半年过去，很惭愧地说，粉丝数尚未达到两百。想在一周之内突破五百人大关，并且在不靠旁门左道的情况下，难度堪比登天。

当然，如果姜周易打定主意想输，那就另当别论了。

当天晚上，姜周易做了一个梦。

在梦里，五岁的尹朝朝蹲坐在路肩上，泪眼汪汪地盯着掉在地上的一块蛋糕，哭得撕心裂肺，惨绝人寰。

而他在梦中还是十七岁的样子。

梦境的设定是他将对方的蛋糕撞掉了，所以他走上前，好言好语地劝："尹朝朝，我不是故意撞你的，蛋糕掉了没关系，我再带你去买就好了。"

谁料尹朝朝哭得更凶了，还一把推开他："都怪你，坏哥哥，姜周易好久才送我一次东西的，全让你搞砸了。"

姜周易正想反驳：“他怎么就好久送一次了？”

结果张嘴但怎么都发不出声音来。

他试图回想一些自己给尹朝朝买东西的片段佐证，却陡然发现，什么都想不起来。

记忆中闪现的都是尹朝朝三天两头跑到他家维修铺子向他献宝的场景。

从小到大，无论什么好吃的或是好玩的，她在得到的那一刻，必然是马不停蹄地奔向他：“姜周易，这个东西可好了，我送你哦。”也不管人家要不要，乐得像个小傻子似的。

至于他，好像真没正儿八经地给尹朝朝送过什么东西啊。

得此结论的姜周易忽然有点不舒服，胸口像是掉进了一个吸水的海绵球，不断膨胀着，沉闷极了。

闷着闷着，人就醒了。

他决定做点什么弥补一下。

莫里一中，男生寝室里。

手机铃声大作。

“大河向东流哇，天上的星星参北斗哇……”

正在打扑克的一群人吓得浑身一颤，骂骂咧咧地朝对门水房喊：“曲乾，电话响了！”

穿着恐龙睡衣的曲乾趿拉着拖鞋杀回屋，看清来电显示上的人名，唇边的牙膏沫都来不及擦，忙摁下接听键：“姜老大，啥指示？”

“我和尹朝朝打赌的事你知道吗？”姜周易问。

曲乾说：“知道，知道，朝朝今儿还问我有没有什么法子助她涨粉呢。”

“那你想到法子没？”

“朋友圈动员人脉，贴吧论坛发帖，这都是法子，但一周时间太紧张，还不如花钱买水军来得快。”曲乾犹豫着说，“不过买水军是作弊行为，还是算了吧。”

就在这时，曲乾手机一振，收到一则微信消息，姜周易向他转账五百块。

曲乾一下子呆傻：“老大，你给我钱干什么，发错人了吧？”

“凑不够人就花钱买，不管你用什么办法，让她赢。”言简意赅的一句。

曲乾似乎窥探到一丝天机，贱笑道：“老大，您想送朝朝 Kindle 也不至于这么拐弯抹角吧。”

姜周易嗓子一哽，挂断电话。

请问，他的意图有这么明显吗？

叉腰笑了好一会儿后，曲乾牛气烘烘地对一屋子人说：“以后，谁再说我萌的 CP 不是神仙组合，我就跟谁急！”

周末，赌约期限的最后一个晚上。

尹朝朝满心忐忑地登上小花网，惊讶地发现粉丝数突破五百大关。

她忍不住在电话里跟姜周易炫耀：“你看到了吗？我的粉丝数已经突破五百了，我赢了耶。”

彼时，姜周易的电脑加载页面就停留在尹朝朝作者主页上。

曲乾办事向来靠谱，一周七天，每天稳定增加六七十个粉丝，关注、打赏、吹“彩虹屁”一条龙，并且每条长评都不重样且极度走心，让人看不出半点破绽。

这些事虽在姜周易授意之下，但他愣是装出一副不知道的样子，对电话那头的尹朝朝说：“这怎么可能，尹朝朝你如实招来，是不是作弊了？”

不仅装作不信，还狂飙演技，倒打一耙。

尹朝朝百口莫辩：“青天大老爷哟，你可是冤枉我了，我倒是想作弊哎，作弊不需要花钱吗？我要是有那钱的话，我早就买Kindle了呀。”

姜周易憋着笑说：“看你也不敢。”

尹朝朝正听着电话呢，继母陈秋燕敲门进来，将洗好的湛蓝色桌布叠放在她书桌上。

这桌布是开学时学校统一发放的，当时还掀起一拨涂鸦热潮。

尹朝朝那会儿沉迷于作家梦无法自拔，想签一行“尹朝朝会成为作家”几个大字。后来，考虑到自己的行为存在不要脸的成分，赶在落笔前，她又改变主意，只写首字母——“YZZHCWZJ”。

尹朝朝这会儿视线一晃，意外地发现姜周易那一块桌布上也留有字迹——“ZTMXCZ”。

同样是一串字母，神秘气息十足。

她的思绪一下子跳跃："姜周易，可否告诉本'好奇星驻地球大使'，你在桌布上写的那一串字母是什么意思？"

电话那头的人沉默了几秒钟，淡淡的声音传来："没什么意思，我瞎写的。"

"我不信，一定有猫腻。"尹朝朝捏着下巴思考，试图破译，"猪它妈……啊呸，思路不对。"

"这 TM……啊，姜周易，你骂人！"

"尹朝朝，你好像傻子。"不给尹朝朝刨根问底的机会，姜周易率先挂断电话。

与此同时，他的记忆弹闪了一下。

——ZTMXCZ。

——译为：祝她梦想成真。

如你所见，这是一句祝福的话，但他并不打算将之告诉尹朝朝。

十七岁的少年别扭地想，他不说才不是因为紧张又或者害羞呢，只是认为这与他傲娇毒舌的大佬形象有些不符而已！

06

周一返校。

.095.

尹朝朝惊喜地发现自己的书桌里，有个礼盒。

她打开一瞧，里面是一台黑色 Kindle，兴奋得忍不住吼上两嗓子。

但碍于同桌姜家大佬正趴在桌上补觉，她最后也只是在心底勾拳两下，小声说：“谢谢。”

“嗯。”闭目养神的少年声音没有一丝起伏，仿佛这不过是一桩小事，却在尹朝朝看不见的角度，心满意足地扬了扬嘴角。

尹朝朝捧着 Kindle 左看看右瞧瞧，一时间不知怎么表达喜欢才好。

曲乾从她座位路过想借过去看一眼，被尹朝朝严厉拒绝：“这是我的，你想都别想。”

“不是吧，让小的我看一眼都不行？”曲乾撇了撇嘴。

“不行。”尹朝朝晃了晃脑袋，一脸倨傲，“八百多块钱呢，尔等草民休得无礼。”

曲乾意味深长地“啊”了一声：“才八百多块吗？我看不止吧。”姜家大佬动员大伙给你网文点关注那笔账还没算呢。

尹朝朝垂眸看了一眼盒子里的发票，白纸黑字写着呢，不会有错。

她摸不着头脑地问：“你这话什么意思？”

几乎同时，另一道声音与之重叠。

姜周易那犀利的话锋直直地朝曲乾劈来：“少在这儿阴阳怪气的，哪儿凉快哪儿待着去。”

气氛有些微妙，曲乾贱兮兮地笑着退下。

尹朝朝偏头看向姜周易，表情费解："什么情况？难不成你们有事瞒我？"

姜周易不擅长说谎，正愁没什么理由搪塞，好在班主任刘仲的身影从班级后门一闪而过，给了他错开话题的绝佳机会："刘仲来了，东西快收好。"

及时中断尹朝朝的"柯南小剧场"。

刘仲这次来班上，是来送视力表的。

市里有一家眼科医院组织医疗队免费为莫里一中的学生们进行体检。

体检定在明天上午，刘仲嘱咐全班同学："明早我清点人数，一个都不能少。体检时自觉维持秩序，给十六班长点脸。"

接着，他咳了两嗓子："班长过来，把我手里的视力表贴到饮水机旁边的墙上去。"

最后一排，正翻看电路图解的姜周易合上书："来了！"说完两手撑着桌子一跃而起，轻轻松松落到过道上。

目睹全程的尹朝朝托腮赞叹："当真是身姿矫健啊。"

头顶处，透明的迷妹 Level 又升一级。

另一边，姜周易三下五除二地贴好视力表。

他看了眼时间，距离上课还剩几分钟，足够去一趟厕所。

他刚刚走出班级，听到背后有人叫自己，回头一看是方懿，于是问道：“有事？”

方懿向他道谢：“班长，上次的事情真的谢谢你为我出头，班主任已经帮我调换寝室了，是跟十七班的一个男生住，对方正好是我老乡，互相熟络。只是害你被罚跑圈，实在对不住。”

姜周易大方地笑了笑：“没多大的事，你不用放在心上，我是班长，保护大伙是应该的。”

方懿感激不已，脑子跟不上嘴：“班长，我总算明白为什么学校里有那么多女同学青睐你，如果我是女生，我也喜欢……”

“什么？”姜周易僵硬地后退半步，脸上的表情凝固。

“那个，班长你别误会，我不是那个意思。我的意思是说如果……”方懿语无伦次地解释，“这是一种假设……”

姜周易当然清楚方懿是在组织语言赞扬他，但这个语境下，确实容易让人误会。

所以，他对方懿说：“送你一句劝，以后夸人别再用‘如果’造句了。”

回到座位后，姜周易碰了尹朝朝肩膀一下，没头没脑地说：“喂，你笑一下。”

“啊？”

“让你笑你就笑。”

“哦哦，好。”

尽管不清楚姜家大佬贴张视力表回来哪根筋不对了，尹朝朝依旧乖巧地照做，扬起一个甜甜的笑脸：“这样吗？”嘴角咧起一个更大的弧度，“还是这样？”

“行了。”姜周易收回成命，有些不自然地望向窗外。

头顶飘过一朵云，方懿那一番话给他留下的心理阴影被身旁少女一个烂漫的傻笑覆盖。

午休期间。

曲乾不知从哪儿掏来个铁勺子，非要玩角色扮演，由他当眼科医生，指着视力表给大家测视力。

尹朝朝投以关爱智障的目光，动员全班女生：“大家伙儿行行好，配合一下曲乾这位资深的精神病患者的无理要求，他快出院了。”

曲乾这人也是天生的戏精，迅速投入角色：“一个接着一个上来，看不见的就说‘过’，视力低于4.8的，我建议回去以后让家长带着去验个光。”

十六班倒也真是个友爱的班集体，中午留在班内休息的二十几人，除了趴桌子上睡觉的姜家大佬外，其余人都非常配合曲乾演出。

尹朝朝是最后一名，压轴出场。

俩戏精狭路相逢，曲乾忽然严谨起来：“尹朝朝，你站到五米开外粉笔标注的线上，不许乱动。”

尹朝朝敷衍地比了“OK”的手势，夸下海口：“放马过来吧，六米开外都没问题！”

结果等她一站到五米的那条线上时，惊诧地发现自己眼前的视力表模糊一片，别说 5.0 那排，连 4.8 都看不清。曲乾一连问了四个“E”的方向，都在 4.7 至 4.8 区间，她竟然一个都没答对！

曲乾一下子看出端倪：“朝朝，你会不会变近视了啊？”

“会，会吗？”尹朝朝揉了揉眼睛，明显慌了。

07

第二天体检，尹朝朝果然得到医生的配镜建议。

她看着体检表视力那一栏，“左眼 4.7、右眼 4.8”的数字，一颗心被搅得七上八下。

晚上回家时，她犹豫了许久，终究决定跟尹瀚生摊牌：“爸，今天体检，查出我视力下降了，您老给我点钱呗，我……可能要……配副眼镜。”

“配眼镜？”尹瀚生严峻的面容写满了难以置信，“尹朝朝，你是怎么搞的？我说没说过，要你保护好眼睛，怎么就成近视了呢？咱们家祖祖辈辈，就没人戴过眼镜！”

尹瀚生似乎回忆起什么来，眸光不善地盯着尹朝朝：“你跟我说实话，是不是又背着我偷偷摸摸打手电筒写小说了？”

“我没有！”尹朝朝百口莫辩，夜里趴被窝打手电筒写小说的事她过去就干过一回，还好巧不巧被尹瀚生逮住了。她学习上一有波动，对方就拿这个说事，她听得耳朵都要生茧子了。

“那你给我解释解释，到底怎么回事？”

尹朝朝小声争辩道：“还不是因为座位问题，您女儿坐倒数第二排，平时上课看黑板都得刻意又刻意，也就是医生说的用眼过度喽。久而久之，晶状体调节能力减弱，视力就降下来了呗。”

说起座位这事，入学初都是随机排列的，当时尹朝朝坐在风水宝地第三排的位置，十六班学生平均海拔偏高，她身高一米七二，在班里算高个头。

尹瀚生这人非常注重外界对他的看法，得知尹朝朝坐在前排后，说什么都让刘仲给调到后面去，生怕旁人多心，说他女儿因为是教师的孩子而得到优待。

听尹朝朝这么一说，他多少也意识到在女儿的近视问题上，做父亲的也有责任。

于是，他神色缓和下来，从钱包中掏出几张红票票：“你已经是个大人了，这点小事，不用我陪着吧。给你钱，周末自己去看，就当锻炼。”

“您说的是。”尹朝朝毫不走心地回应。尹瀚生总是这样，从小到大，一直对她采取放养的模式，什么父亲抱着过马路，牵手逛公园，在她这里统统不存在。

接过尹瀚生的钱，尹朝朝闷闷不乐地回到房间。

她越想越觉得窝火，忍不住在电话里对拥有慈父的姜家竹马抱怨：“姜周易，我想不通啊。你说同样是父亲，怎么人与人之间的差距就这么大呢？老尹同志要是有姜叔叔一半温和亲切，我宁愿不要这年级第一！”

电话那头的姜周易笑了一声：“那，给你倒数第一，也没关系？”

“没关系！全都零分，我也不在乎！”

姜周易都能脑补出尹朝朝说这话时腮帮鼓起气呼呼的样子，有些好笑地问：“那怎么办，去医院检查？”

一听“医院”两个字，尹朝朝顿时就蔫了。

她活了十七年，天不怕地不怕的性格中存在一个致命的缺陷——恐惧医院。尤其当身穿整洁白大褂的医生出现在她面前，她就忍不住哆嗦。

这种难以泯灭的恐惧感来源于小时候一次不美好的打针经历——注射屁股针时，实习医生拔针时一不小心将针头遗落了。尽管对方很快反应过来将针头取下，但尹朝朝幼小的心灵还是裂开了一道缝隙，一见到医院门牌就腿软。

从回忆中抽神，尹朝朝哀求道：“姜周易，你哪天有空啊，能不能陪我去一趟医院？”

姜周易知道医院是这人的软肋，他翻了一下最近几天的维修日程安排，周六有空。正好几天前姜海的近视眼镜坏了只镜腿，一直没来得及修，他想借此机会，为老父亲配一副好的。

于是，他说：“周六上午八点，运动场对面的公交车站点见，不准迟到。”

“好！”尹朝朝笑逐颜开，又恢复马屁精模式，“姜周易，我就知道你最……”

“嘟——”

电话那头传来一阵忙音。

姜家大佬第一千一百五十次挂断电话。

尹朝朝也不恼火，对着听筒自顾自重述了一遍：“姜周易，我就知道你最好了。”

总是将嫌弃和高傲挂在脸上的少年，总是毒舌抨击她的少年，其实是这世上最好的少年。

在她需要他的时候，没有一刻不陪在她身边。

08

周末清晨。

.103.

尹朝朝是被一阵浓郁的中药味呛醒的。

她睡眼惺忪地下了床，想也不想地直奔厨房。

灶台上，一盏砂锅盛满中药，内里暗黄色汤汁翻涌，热气盘旋上升，很快消散在空气中。

继母陈秋燕正手持汤勺搅拌，侧颜苍白而憔悴，像极了拼命一搏的女巫。

尹朝朝不禁暗叹：陈女士又开始作妖了。

算一算，陈秋燕嫁进尹家已有四个年头了。自打入门那天起，她就一心想要为尹瀚生生个孩子，几年来求医问药的事没少做，奈何肚子里一直没个动静。

街坊四邻住着，人聚在一起就容易有闲言碎语，陈秋燕这人多少有些自命清高，平日从不跟大伙唠家常，却也害怕自己难生育这事成为别人茶余饭后的谈资。

最近一段时间内，小区里新生儿扎堆出生了不少，陈秋燕自从前两天得知对门邻居家媳妇产下一对龙凤胎后，整个人深受刺激，隔三岔五就得“泡进药罐子”一遭。

此刻，尹朝朝捏着鼻子开口：“陈姨，大周末，您怎么不多睡会儿？”

言外之意，陈姨您饶了小的吧，您不睡我还想睡个懒觉嘞。

陈秋燕听到声音，转过头柔声细语道：“朝朝醒了啊，饭马上做好了。”见尹朝朝目不转睛地盯着砂锅看，她有些不好意思地解释，“同事那儿弄来一偏方，我想再试一试。”

“偏方？”尹朝朝瞬间一张哈士奇惊恐脸，眼见陈秋燕一副走火入魔的样子，她语重心长道，“陈姨，偏方不能信！您身体状况本来就不好，万一吃坏了怎么办！”

虽说陈秋燕这些年看病没少折腾，但也都是去正规医院，何曾轻信偏方了？

病急乱投医这句话，尹朝朝算是信了。

陈秋燕苦笑：“没事，总归还年轻，有机会我还想尝试一下，要不然，老了总会遗憾。我总想着，给你爸生个一儿半女的，也算我俩感情的见证，咱家能更幸福些。”

尹朝朝对此不以为然：“陈姨您这话说的，我不就是您跟我爸感情的见证吗？单身狗一只，每天承受成吨狗粮。更何况，家庭幸不幸福跟孩子没多大关系，您看看我，就是很好的一个例证。我爸和我妈处得好时，我就是他俩的爱情结晶；婚一离，我就成爱情的结石，两边不讨好。”

顿了一下，她进而总结：“所以，我觉得生孩子的事情，顺其自然就好了。您心态放宽点，再等两年我念大学去了，家里就您跟老尹两人，二人世界过着，不挺好的嘛。”

尹朝朝句句发自肺腑，她太投入，以至于连尹瀚生什么时候站到她身后都没有察觉。

后脑勺忽然落下一记栗暴，尹朝朝吃痛，打着冷战回身，讨好地喊了一声：“爸。”

尹瀚生懒得搭理她：“少贫嘴，今儿不配眼镜吗？都几点了，还不走？”

尹朝朝心一跳，险些耽误正事。她一个猛子扎进卫生间洗漱，洗漱完换好衣服出来，又冲到冰箱前拿了瓶牛奶，最后回身从饭桌的餐盘中叼起一片面包。

整个过程快如闪电，尹瀚生只觉周围一阵风呼啸而过，不满地说：“尹朝朝，你就不能有点女生样儿吗？”

回应他的是“嘭”的一道关门声。

尹朝朝一溜烟跑到约定见面地点。

还没等她喘匀气，姜家大佬骑着自行车随后到达。

尹朝朝往路边上一坐，上气不接下气道：“不行，我得先歇息一下，不然载不动你。”

作为一名资深的狗腿子，尹朝朝从来没有享受过坐自行车后座的待遇，尽管头顶青梅二字，但她一直是蹬车的那个。

所以，当姜周易破天荒地说：“行了，快上来，今天我载你。”尹朝朝惊讶得下巴都快掉了，笑出猪叫声。

姜周易被这魔音逗得心起涟漪，面上依旧是一副嫌弃得要死的模样：“我数三个数，你再笑，刚刚说的就作废。”

不等姜周易开始数数，尹朝朝立即噤声，像只顽皮的小猴子一样灵巧地蹿到自行车后座上。

论反应速度，她可不是一般的快。

片刻后，抵达眼科医院。

从散瞳验光到选镜片镜框，再到配镜，一系列流程进展得十分顺利。

不出两个钟头，尹朝朝收获了人生中第一副眼镜。

日系风的椭圆镜片，外框是玫瑰金细边，纯钛材质，轻巧又可爱。

就像小时候穿了一双新鞋子连走路都变得器宇轩昂起来，尹朝朝一戴上它，自恋感瞬间飙升至顶峰，对着镜子照了好久。

然而，短暂自恋过后，她又隐隐担忧起来，向工作人员咨询：“眼镜戴久了，眼睛会不会变形呀？”

“纯钛的是最好的吧？那或许不会太勒耳根，我耳朵有点大哎。”

“隐形眼镜是什么样子的啊？”

叽里呱啦的议论声仿佛是盛夏时节的蝉鸣，扰得人根本无法安心。

相邻的一个展柜，正替父亲姜海挑选近视眼镜的姜周易速战速决，挑了其中最好的一款眼镜，报上度数，测量了轴距，请店员配置。

兜里的手机传出声响，微信群有消息传进来，是张图片，他看了两眼，神情有些困扰。

再一偏头，见尹朝朝一副忧心忡忡的样子，他心中有了主意，对工作人员说：“麻烦您，她戴的那款，给我也来一副。”

头顶飘起一万个为什么，尹朝朝问：“姜周易，你又不近视，买眼镜干什么？”

这时，工作人员颇具推销精神道：“这一款眼镜既文艺又小清新，买来当装饰镜也是很好的选择。”

尹朝朝好奇地看着姜周易：“您这张脸哪里需要什么装饰啊？遮遮掩掩，容易降低颜值。”

尹朝朝说这话，也不完全是恭维。

姜周易生得眉目清秀，五官端正，不久前剃板寸的头发重新长出来，刘海齐齐地往后一梳，展露出饱满的额头，衬得整个人干练明朗。

天生完美的一张脸，点缀什么都是画蛇添足。

姜周易听惯了这人拍马屁，淡定自若地和工作人员说：“听我的，您不用理会她。”

工作人员笑着点头，转身去库房拿货。

尹朝朝不安分地说：“姜周易，你到底什么情况啊？”内心八卦之火熊熊燃烧，一下子冲破迷惘，她坏笑着揣测，“我知道了，你肯定是要送人对不对？”

姜周易回以一个冷漠的眼神：“我自己戴，遮掩锋芒不行吗？”

他翻出手机，点开那个名为“赫尔苏街霹雳无敌 F4”的群聊界面。

说起这中二病的群聊名称来源，便不得不提尹朝朝那被偶像剧支配的小学时代，那时微信初初问世，大陆版《流星花园》席卷各大卫视，占据暑假黄金档。

在时尚教主林云卷的号召下，大家迅速注册微信，尹朝朝只花了一秒钟定下群聊名字。

再后来，出于某种青春期的仪式感，名称一直没变。

此刻，尹朝朝在姜周易的示意下，滑动群聊界面。

最新一条消息是林云卷发的一张海报。

海报上，正是开学之初染彩虹头的姜周易。

巨大的一幅海报，被高调地张贴在小发廊门外的一扇落地窗上，铺满三分之二窗格，光彩夺目。

这让身为摄影师的尹朝朝瞬间乐开怀，火急火燎地拽着姜周易去围观。

抵达现场时，尹朝朝的心潮更是止不住地澎湃：“哇！这海报上是哪里来的盛世美颜啊，这鼻子，这眼睛，这俊朗不凡的五官，可真是好看！”

林云卷和何文昱闻声从发廊里出来。

四个人在明媚的晌午时分碰面，自然而然地商量着去哪儿一块吃顿午饭。

前不久赫尔苏街上新开了一家火锅店，近来在街坊四邻中好评不断，而火锅又正好是姜家大佬所爱。

尹朝朝和林云卷相互交换眼神，一唱一和地投大佬所好。

尹朝朝：“哎呀，今天太冷了，我请大伙儿吃顿火锅怎么样？”

林云卷：“好哎，好哎，我都好久没吃了，中午吃这个，下午的游乐场我安排！”

何文昱使眼色：“晚上的夜宵，交给我。”

姜周易：“你们都安排上了，那我干什么？”

尹朝朝扶了扶鼻梁上的眼镜，笑容像蜜桃味汽水一样甜：“您什么都不用做，给自己放半天假，暂且不去修铺子里堆的东西，跟我们待一块就行。”

姜周易干笑一声。

原来，这三个人唱了一出戏，染发事件续集——张贴海报后的赔罪宴。

秋风在巷子中穿梭，发出飕飕声。

两个叽叽喳喳的女生挽着胳膊走在前头，身后跟着俩沉默寡言的少年。

一行四人行走在人群中，脸上洋溢着朝气蓬勃的神采，身穿最普通的水蓝色校服，胸前校徽金光闪闪，悄无声息地将青春岁月镌刻。

. Chapter 4 .

/ 他自有光芒 /

.111.

01

转眼步入十二月，元旦晚会的相关事宜也提上了日程。

这天课间操刚结束，刘仲便召唤十六班全员迅速回班，说要利用课间休息时间商量一下今年班里上报哪些节目。

十六班虽然学习成绩垫底，但在学校大型活动上，却是一股坚不可摧的强劲力量。

七十二路英雄豪杰汇聚到一块，从琴棋书画到吹拉弹唱乃至刀枪剑戟，总有人眼都不眨一下便自信举手：“老师，这个我会！”

所以，上报节目这种事，刘仲一点都不操心。

眼见着大家伙儿一个接一个钻天猴似的站起来报名，情绪高涨到要掀房盖，他还得例行讲两句控一下场子：“节目报五个就行了，咱别独揽风头，也给别的班留点机会。”

令刘仲比较在意的是另一件事——主持人选拔赛。

以往元旦晚会主持团队都是从高一到高三的实验班内定六名优秀学生，三男三女，男女搭档做主持。

但今年不同，学校采取自愿报名、全校海选的方式，透明公开地选拔主持人，也给予所有想展示自我的人一次登台历练的机会。

等到底下学生安静下来，刘仲不疾不徐地将上述内容宣布。

底下顿时议论纷纷。

他比了个“打住”的手势，继续说道：“所以，有想报名主持人选拔赛的，到讲台前领报名表。”

尹朝朝其实不愿意凑这个热闹，但架不住亲爹尹瀚生一次又一次犀利地抨击她：“尹朝朝你不要一遇到活动就装傻，适当露露脸锻炼一下！”“尹朝朝你也就是学习好，除此之外，你还会点啥？”

她偶尔也是要为面子拼搏一回的，不就是露脸吗？主持人还掌控全场呢！

所以，在内心挣扎了一会儿后，她终于下定决心去前面领表。在那之前，她顺嘴问同桌少年一句：“姜周易，你要不要报名，我给你带张表回来？”

“不要。”姜周易半蹲在过道中央，低头整理工具箱，不假思索地拒绝。

尹朝朝老派地叹了一口气，指了指刘仲站着的方向：“少年，这可由不得你。”

姜周易擦扳手的动作一顿，烦躁地挠了挠头。

自打高中入学以来，学校也陆续举办了不少大型活动，像舞蹈大赛、金话筒大赛、运动会……刘仲没有一次不举荐姜周易当主持人，而每次被选为主持人，就有好几轮彩排等着他，个把月的时间看似不长，却耽误他为修理铺出力，少赚不少钱。

姜周易觉得薅羊毛都没有这么薅的。

但其实，也不怪刘仲盯上他。

高个儿，外形条件好，一副好嗓子，阳光外向，又是班长，协调能力强，是个做主持人的好苗子。

不出尹朝朝所料，当她取报名表时，刘仲果然说：“你替我转告姜周易一声，我替他报名了，什么都不用准备，随便发挥，他没问题。”

尹朝朝点头，问：“老师，那我呢？”

刘仲说：“你没事向姜周易取取经，他主持经验丰富，争取你俩都选上，做搭档，为咱班争光。”

和姜家大佬同台主持是何种感受？

尹朝朝忽然想体验一回。

为此，尹朝朝回座以后，特意攥着小本本，向姜周易虚心求教。

姜周易说：“主持没什么好教的，全靠言语表达和临场发挥能力，这两方面，目测你不成问题。”

尹朝朝稍稍消化了一下这句话，觉得对方说得不无道理。她自小练就拍马屁这等绝世武学，最擅长的就是察言观色，见什么人说什么话，街坊邻居没有人不夸她嘴甜、口才好。

但选拔赛她还是第一次参加，还得谨慎问一句：“那有没有什么注意事项，譬如衣装打扮方面的？”

正值课间，教室里有女生叽叽喳喳地聊天。

有人分享一则小道消息，说是这次选拔赛除了三位教师考官外，还有一支由高三优秀播音生组成的学生评审团，里面帅哥云集，是颜控一族大饱眼福的好机会。

还有人臆想说：“我得好好打扮一下，万一哪个帅哥眼神不好看上我了，我做梦都能笑醒。”

姜周易听见这话，再抬头看了一眼面前笑容犯着傻气却也算得上明眸善睐的少女，体内潜藏的腹黑属性隐约展露：“衣装打扮没讲究，不过最好正式一点，穿正装。”

“啥？正装？”尹朝朝明显不相信，“你确定不是在逗我？”

“我什么时候骗过你？”姜周易解释得有鼻子有眼，“电视上的主持人大赛看没看见过？哪个人不是西装革履，端庄大方？穿正装有两个好处：一能说明你态度端正，重视比赛；二能凸显个人气场。”

他瞄了一眼尹朝朝明显动摇的眼神：“说到气场，你认为你穿一身休闲装，裹着大棉袄能有气场吗？”

尹朝朝在脑海里构想了一下那个场面，摇头：“不能，使我看上去像个臃肿的粽子。”

姜周易欣慰地点头：“很好。”

尹朝朝又问：“那我要不要化个橘色妆容，显得小清新可爱一点。”

姜周易晃了晃左手食指：“橘色调恐怕不行，不够青春活泼，你皮肤白，适合粉色系，越粉越好。”

“那岂不是死亡芭比粉了？不好吧？”

“芭比粉怎么了，你看人家芭比涂，你觉得丑吗？”

“那倒是不丑，可芭比长得白啊。”

姜周易看了尹朝朝一眼：“你也不差。”

一句近乎表扬的话，成功地把尹朝朝忽悠进了“歧途”。

一晃到了主持人选拔赛当天。

入场以后，尹朝朝错愕地发觉，除了美男云集的学生评审团外，她成了“第二道风景线”。

她算是信了姜周易的邪，穿了一身正装，踩着高跟鞋，一脸芭比粉的妆容，刚进赛场便吸引了一屋子人的目光。

在一众小清新学院风的女孩子中央，她整个一走错片场的职场小白领，违和感从评委们紧蹙的眉毛中可见一斑。等到自我介绍环节，先前在脑海中打了无数遍的草稿，更是在一瞬间忘得一干二净。

在卡壳了将近三十秒后，尹朝朝选择落荒而逃。

颜面扫地的同时，也标志着她和姜周易十几年来的第一次冷战拉开帷幕。

02

几天后，元旦晚会主持人名单公布。

姜周易毫无悬念地入选，尹朝朝毫无意外地落选。

两个消息同时传回十六班，可把曲乾忙坏了。

作为当事双方的共同好友，曲乾先是屁颠屁颠冲到姜家大佬面前讲完两卡车的赞美之词，紧接着，顾及另一个失落的，又趁午休风风火火回自家辣条厂一趟。流感风暴已过，班级小食品禁令取消，他搬回两大箱子辣条给尹朝朝。

他安慰她："朝朝，你看开点儿，主持人没选上就没选上呗，没什么事是辣条解决不了的。你不是最喜欢吃这款嘛，我让库房装了两百包呢，比姜老大送的多吧，喏，都给你。"

"这不一样。"尹朝朝没头没尾地冒出一句话。

曲乾一头雾水："不一样？哪儿不一样？"尹朝朝最爱吃的辣条，就是他家厂子制造的，学校小卖部直接从厂子里进货，他不会记错。

尹朝朝心情不畅，说话没经过大脑："当然不一样啊，我那可是姜周易买的！”

少女的声音清脆透彻，在嘈杂的环境中极具辨识度，刁蛮的语调中透露着笃定的意味。

讲台上，姜周易擦黑板的动作忽然停下，回头看了一眼。

两人眼神相撞，空气中尴尬指数飙升。

这时她脑海中闪出弹幕——“尹朝朝，你清醒一点！你难道忘了现在是冷战时期嘛，凭什么要夸姜周易啊！”

尹朝朝慌忙别开视线，去拆桌上的辣条箱子，对曲乾说：“我说错了，辣条都一样的。”

心底因某人而生的火气还未平息，她顺手拆开一包辣条，泄愤似的吃起来，还故意酸唧唧道：“还是老同桌好，重情重义，这真的是我收到过的最大的辣条宝藏了，比某人买的强好多。”

一番话，“置气”表现得不能再明显。

姜周易听了不由得发笑。

尹朝朝这个人，一旦幼稚起来，三岁都嫌多。

“姜周易，有人找你。”

有同学回班上传话，十六班众人齐刷刷地将目光投向门口。

那里出现了一道亭亭玉立的女孩身影。

及肩的中长发，穿着一件浅咖色格子大衣，长度到膝盖位置，小腿纤细匀称。

尹朝朝第一眼望过去，便判断出这是个气质出众的女孩。

她戴上眼镜后，第二眼直直地望向对方的脸，还是个长相出众的女孩。

在她打量的片刻工夫中，姜周易已经出了班级，班内八卦聊天会紧随其后。

有人问："姐妹们，知道找咱们班长大人的女孩是谁吗？"

有人回应："不知道，不过她总给我一种似曾相识的感觉哎。"

有知情人说："高三年组赫赫有名的舞蹈女神韩芮！"

此言一出，所有人恍然大悟地"啊"了一声，语气赞叹。

每所学校都有那么几位"不见其人，但闻其名"的传奇人物，提到高二学年，便是姜周易和尹朝朝。

至于高三，便是芭蕾舞世家出身的舞蹈女神韩芮。

韩芮的父母都是莫里市文工团骨干人才，她自小便和芭蕾打交道，身段和气质都远超莫里一中的其他女生。

尹朝朝虽然从未与对方碰过面，但每每去办公室时总会从老师口中听到对方远赴海外又斩获某某国际比赛大奖的消息。

久而久之，尹朝朝潜意识里就有了一个对韩芮的大致判定——这个姑娘有仙气，还是个奖项收割机。

百闻不如一见，如今远远看了两眼，尹朝朝基本可以断定，潜意识的

判定属实。

这时，新一轮杂七杂八的议论声席卷而来。

有人设想：“你们说，舞蹈女神突然找咱们班长大人所为何事啊？我看元旦晚会主持人名单上有韩芮，这两位不会要做搭档吧？”

“很有可能！”那位替姜周易传话的同学说，“刚刚在班外，韩芮要我帮忙喊姜周易出来时，手上拿着一份文件，我不经意扫了一眼，是主持人讲话稿。”

元旦晚会的节目单早在主持人选拔赛结束当天，便紧锣密鼓地敲定了下来。之后，便是一轮接着一轮的彩排。

尹朝朝听知情同学说，最近一次大彩排定在星期五晚上在学校大礼堂举行。算一算日子，如今的确到了主持搭档碰面的时间。

可话说回来，韩芮突然来找姜周易真的是因为这件事吗？

尹朝朝对此不确定，但班里的吃瓜群众已经心生笃定，并且开始你一言我一语地畅想。

吃瓜甲同学：“班长大人，舞蹈女神，这二位要是做主持搭档，一定完虐其余两对！”

吃瓜乙同学：“那是当然，一个温婉安静，一个阳光开朗，颜值又登对，是神仙组合好吗？”

“去去去，八字没一撇的事，瞎议论什么！”曲乾打断道，“姜老大和我们朝朝才是神仙组合好吗！”

吃瓜群众又纷纷倒戈：“对对对，‘青梅竹马’四个字，是最言简意赅的神仙组合！”

曲乾时刻坚守自己的立场，他拍了拍尹朝朝的肩膀：“朝朝，你放心，我是你阵营……”手心忽然一空，曲乾呆呆地看着突然弃他而去的少女身影，“哎，朝朝你干什么去？”

尹朝朝觉得自己一定是脑抽了。

否则无法解释自己为什么一听到“韩芮和姜周易是神仙组合”这句话时会莫名其妙地有些在意，更无法解释自己为什么要跑到班级门口向走廊张望二人在聊什么？

张望就张望呗，一副鬼鬼祟祟的样子是怎么回事啊？

尹朝朝听见心底有个声音在质问自己。

语气有点看轻人的意思。

她忽然反应过来，对哦，我有什么好怕的。

一番天人交战后，她挺起胸脯，光明磊落地偏头看过去。

“学弟你好，我叫韩芮，高三艺术生。学校安排元旦晚会主持人咱俩做搭档，我今天的任务是把主持词给你，你抽空练一练，咱们这周五进行第一轮大联排。如果这个周四你七八节自习课没安排的话，可以来艺体馆二楼的练习室找我，咱俩对一对词，你看行吗？”

“行，没问题。”姜周易一口答应，见韩芮两眼直直地盯着自己看，莫名觉得有些被冒犯，“学姐，你一直看我做什么？”

“你别误会，我只是有点感叹，原来你就是姜周易啊，模样着实如传闻一样好看，我猜一定有很多女孩子喜欢你啦？”韩芮直言不讳。

要说她这人也挺逗的，芭蕾舞练了十三年，看似练就一身不食人间烟火的气质，实际上是资深的“姨母粉”——明明她比姜周易只大了一岁，明明她今天第一次见到对方，明明面前的少年长了一张让少女们心动的俊脸，到了她这儿就只剩一句，这男孩真可爱像我家亲戚谁谁的孩子（孩子今年三岁半）。

姜周易一时不知道怎么接话：“学姐，您就别逗我了，没人喜欢我的。”

“那不能够吧。”韩芮手指了一个方向，“你自己看。”

姜周易顺着对方指的方向望去，视线捕捉到十六班门口处有人做了个甩头的动作，那人反应快得像是在躲人，他没看清对方的脸，只见到一尾梳得高高的马尾辫一闪而过。

嗯，是他熟悉的那一束。

这时韩芮说：“我该说的话都说完啦，你快回班上吧，小姑娘抻着脖子看你好长时间了。”

直到听见这一句和尹朝朝有关的话，姜周易才展露出一丝笑颜：“学姐再见。”

韩芮露出一个意味深长的浅笑来：“学弟加油！”

姜周易再回来时手里拿了一沓 A4 纸，他将之扔到课桌中，便继续擦黑板。

彼时，吃瓜群众的八卦大会刚结束，曲乾回到自己座位，尹朝朝在和一袋辣条做斗争。

说来也奇怪，平日里，一包辣条她几口就能解决，还会嚷着不够吃下次要多买几袋，但今天，她觉得手里的辣条不是辣条，而是《葫芦娃》动画中蛇精骗水、火二娃喝酒的大酒壶，怎么也消灭不完。

尽管表面上装作一副毫不关心的样子，尹朝朝还是拗不过自己的一颗好奇心，趁姜周易重新登上讲台，身子背对着她时，偷偷斜眼望向那一沓摊在桌上的纸张。

开篇“主持人串词稿”几个大字分外明晰。

视线再往下移一行，页面居右的位置，她看见姜周易的名字，紧随其后的是韩芮。

心底有种莫名其妙的失落感汹涌澎湃地袭来，偏偏这时，一滴辣油滑进嗓子，后劲十足的辣味呛得她剧烈地咳嗽起来。

幸好前桌女生及时搭救，倒了半杯水给她，尹朝朝不顾形象地牛饮起来。

这么一出小插曲，闹出不大不小的动静，引来一大堆人的目光。

而在那一堆人之中，就有姜周易。

再次眼神相撞，尹朝朝感到前所未有的狼狈。

03

时间很快走到元旦晚会当天。

莫里一中师生齐聚学校大礼堂，现场人声鼎沸，座无虚席。

晚会开场后五分钟，林云卷从十七班座位区偷溜出来，一个闪身蹿到尹朝朝身边的空位上，从随身背的小布包中先后掏出两袋地瓜干、两瓶酸奶、一大捧开心果，还有一个专门放垃圾的折叠纸袋，豪情万丈地招呼尹朝朝：“吃！”

三秒钟过去了，对方仍旧没反应。

林云卷有些纳闷，顺着尹朝朝幽幽的目光望去，视线落到舞台上的主持人行列中。

再扫一眼对方气鼓鼓的脸，林云卷笃定，对方的视线落在姜周易和他身旁的韩芮身上。

第六感指引至此，林云卷问：“朝朝，你不会是看姜老大和别人搭档吃醋了吧？”

“笑话，我有什么好吃醋的！”尹朝朝激动道。

林云卷被吼得一愣：“没有吗？那你这么激动干什么？”

尹朝朝说完自己也有点蒙，她激动个什么劲呢？

为了掩饰这种莫名其妙并且让人不自在的情绪，她指了指姜周易另一侧的高个儿男主持，对林云卷说："我是在欣赏帅气学长好嘛。"

林云卷跟着看过去，关注点一下子便转移："你别说，这个学长还真挺好看的。"

十七班的座位区在十六班斜前方，林云卷以5.0的视力在人海中搜寻，轻而易举地扫到何文昱的身影，少年坐姿笔直，神情专注地望着前方，头顶的灯光倾泻下来，侧颜白得发光。她自言自语道："不过我觉得吧，还是没我们文子长得好。"

尹朝朝扯了扯嘴角，看了眼时间，晚会何其漫长，让人倦怠。

中场休息时，尹朝朝和林云卷去了趟厕所，再回来时，屁股刚一落座，便听见身后有人唤她名字。

她回头，一步之遥的过道上站着个生面孔的少年，中等个头，头戴一顶扎眼的蓝色棉帽子，身上穿一件宝蓝色校服，胸襟前印着"莫里二中"。

她这才回想起来，此次学校元旦晚会，莫里二中作为兄弟学校，派了一部分学生过来观赏。

尹朝朝礼貌地朝对方微微点头："找我有事吗？"

少年开门见山道："你好，我叫邵一，是二中的学生，我来时听说你是一中这一带负责报刊征订的校园代理。我们学校附近的报刊亭不久前黄了，有些杂志买不到，我想正好咱们两所学校距离不远，所以冒昧问一下，可不可以在你这儿预订杂志？”

“当然可以。”送上门的买卖，哪有不做的道理。

邵一进一步争取：“那，我们留个微信，方便联系？”

“好。”尹朝朝翻出手机，两人互换微信。

邵一勾了勾嘴角，天生多情的眼底柔光四溢：“朝朝，很高兴认识你。”

不过是刚认识，对方居然亲近地称呼自己为“朝朝”？

尹朝朝尬笑点头，自来熟可真让人头大。

另一边，姜周易跟几个工作人员布置完下一个小品节目的道具从舞台上下来。

马屁精二号曲乾同志猫着腰一路小跑来递水。

姜周易刚接过，正准备喝，视线忽然定格到尹朝朝身上，见对方正在跟一个他不认识的男生聊天且两人有说有笑，他莫名觉得有些不顺心，又将水瓶扔回曲乾怀里：“不喝了。”

因为距离不远，并且处在同一纵线上，等邵一走后，姜周易闲逛着走过去，问：“刚才那男生是谁呀？”

尹朝朝脖子一梗：“你是谁呀？我跟你熟吗？凭什么要告诉你呀？”

幼稚三连问，摘自一年级小学生生气时的经典语录。

接着她，清了清嗓子：“麻烦你让一让，挡住我去厕所的路了。”

一旁嚼地瓜干正来劲的林云卷道：“朝朝，我们不是刚去过吗？”

尹朝朝语噎了一秒钟，望向姜周易的眼神毫不掩饰地哀怨：“再去一趟，听到了不想见的人说的话，我去洗耳朵。”

抬脚，走得气势汹汹。

姜周易好笑地摇了摇头，目光沉沉地看着林云卷：“她走了，那你说。”

林云卷艰难地咽下嘴里的东西，言简意赅地解释：“那人叫邵一，莫里二中的，说他们学校附近的报刊亭黄了买不着杂志，管朝朝要了微信，要在她这里订。”

姜周易嗤笑一声，他做家电维修这一行，莫里市大街小巷哪里没去过。莫里二中地处最繁华的市区路段，对面一排的报刊亭，少说都得有五家，个顶个规模大。

所以说“报刊亭黄了没地儿买杂志要加微信”是糊弄谁呢？

想到这儿，他面色不霁地招来曲乾：“你去查查，倒数第二排，最右侧靠门的那个戴蓝帽子的，打扮得像个蓝精灵的家伙，什么来头？”

曲乾一双豆眼大睁，很快在人群中锁定目标。他长期混迹贴吧论坛，情报网遍布莫里市高中，稍稍打听，便知道了邵一的基本信息。

他向姜周易汇报：“邵一，本市人，家里经营五家药店、一个药厂，家庭条件还算优越，长了一张人畜无害的脸，二中有名的‘中央空调’，一年四季，招惹桃花不断。”

“啊？”林云卷大惊失色，“那我可要告诉朝朝，赶快删微信，离那男生远点！”

姜周易摇头：“删微信恐怕不够。”

小跟班的日子过久了，曲乾“揣测圣意”的能力迈上一个新的台阶，在林云卷好奇地问“为什么”时，他代姜周易解释道：“姜老大的意思是，不怕贼偷就怕贼惦记。”

林云卷似懂非懂：“你是说，就算我告诉朝朝，让她这边防范也没用，关键得断了对方的心思。”

曲乾说：“BINGO！”

至此，摆在林云卷和曲乾面前的问题才解决一半。

两人一对视，齐刷刷将目光投向姜周易：“姜老大，那你说下一步该怎么办？”

唇边漾开一抹似有若无的笑，姜周易轻飘飘开口，语气却十分凛冽：“很简单，诛贼先诛心。”

04

由于翌日便是元旦三天小长假的第一天，当天晚会结束，不少人从学校大礼堂出来后欢欣雀跃地商量去哪儿玩，有人还大方分享莫里市短途旅行攻略到十六班微信群里，引发一阵大探讨。

相较之下，尹朝朝的反应就很佛系。她哪儿都不想去，就想宅在家里沙发上，左手薯片，右手“肥宅快乐水”，追个剧再敷点面膜，过着吃睡吃的简单生活。

当然，这种堕落并快乐的想法产生在她收到邵一的微信消息前。

对方发来一个杂志购买清单说是着急要，问明天能不能送到二中。

清单上一共列了十几本杂志，每本零售价在十元到十五元之间，一单生意将近两百块，报刊亭一周都卖不到的价钱。

本着“有钱不赚是傻瓜”的职业原则，尹朝朝迅速回话：“可以，没问题。”

随后，两人约定交易时间为第二天下午两点钟，莫里二中对面的蓝牌子奶茶店里见。

尹朝朝打算坐公交车去，一中距二中有将近一个小时车程，扣除等车时间，她十二点半从家里出发，到报刊亭打包杂志，约莫能早到几分钟，还能点杯热奶茶暖暖胃。

尹朝朝设想得非常好，可惜千算万算，也没料到会和姜周易在报刊亭碰面。

尹朝朝这人属于大大咧咧的性子，从来没跟任何人冷战过，即便是生气，有个三分钟，气就消了。这次和姜周易的冷战，于她而言，算是旷日持久的一场战役。最初的时候小姑娘倔劲上来，也想着让对方先低一次头，等到第二天，想法就动摇了，一晃坚持了大半个月，她其实早就忍不住了。

没想到，她还没酝酿出搭讪的词，姜周易率先破冰，对她道：“尹朝朝，你还生气呢？我那天真不是故意的，我就随便说说，没想到你会相信。”

一向高高在上的姜家小少爷，难得向她低一回头：“我请你看电影，去不去？”

尹朝朝一时有点接受不了对方的反差。

她踮起脚，鬼使神差地伸手去捏他的脸：“你不是姜周易，说，人皮面具底下到底是谁！”

“尹朝朝，你长本事了啊。”姜周易瞬间黑脸，语气变凶，嘴角笑意却未减退。

尹朝朝尴尬收手，尽管心底有声音宣布“本次冷战到此结束”，但还残留了一点点别扭，促使她罕见地摆起谱来：“看电影倒是可以，不过我答应了给顾客送杂志，现在没空哎。”

“我替你送。”

“你请我看电影，然后你去送杂志？”尹朝朝抠了抠耳朵，以为是幻听。

“我只是说请你看电影，又没说和你一起看，票都买好了，让林云卷跟你去。”

尹朝朝呆若木鸡地望着面前的少年："你这是什么操作？"

姜周易说："动画电影，我看不进去。"

见尹朝朝脸上流露出一丝失望，他戏弄道："难道你想跟我一起看电影啊？"

"我没有，我不想！"尹朝朝睁大眼睛，猛摇头。

姜周易把电影票给她，在耐心听完尹朝朝描述邵一的长相和约见地点后，说："行了，这儿没你什么事了，你撤吧。"说着，冲尹朝朝身后招了招手。

尹朝朝这时回头，林云卷和何文昱从她身后的馄饨铺子探出脑瓜来。

林云卷一路小碎步跑到两人跟前，先向姜周易鞠了一躬："谢姜老大一票之恩。"接着，一把挎住尹朝朝胳膊，"朝朝，我们走。"

尹朝朝点头说好，又不放心地嘱咐姜周易几句："您态度亲和点啊，报刊亭就指望回头客光顾呢。"

姜周易"嗯"了一声，催促她："行了，你们赶紧走吧。"

结果转念一想，亲和？做梦！

眼见着尹朝朝和林云卷上了出租车，姜周易敛了笑脸。

兜里的手机铃声大作，曲乾打电话来向他禀报："姜老大，兄弟们都到了。"

"很好。"姜周易攥了攥拳，对身边的何文昱说，"文子，把杂志带上。"

何文昱扶了扶鼻梁上的眼镜："没问题，哥。"

何文昱稍稍回忆了一下，他上一次见到姜周易眸光狠绝的样子还是小学三年级时的一次郊游，尹朝朝被一个顽劣的小男孩推进户外喷泉池里。

梳着漂亮麻花辫的小姑娘眨眼间变成落汤鸡，手肘处还磕破了皮，愣是一滴眼泪都没掉，闷闷不乐地回到赫尔苏街上。

姜周易倒是没说什么安慰的话，只在第二天将那个惹事的男孩打断一颗门牙。

当时天气很应景，是个阴雨天，学校坑坑洼洼的操场上有好几处大水坑，姜周易像倒垃圾似的将对方连人带书包踹了进去。

"你转学吧，不转学我明天还揍你。"

下午两点，姜周易一行人准时抵达送杂志的约定地点。

奶茶店里人不多，姜周易推门进去，身后十几个兄弟迅速拥进来，将正在看美女直播的邵一吓得不轻。

姜周易沉着一张脸走过去，顺手从邻座拽了把板凳，抱臂坐下："你叫邵一？"

邵一紧张地吞了吞口水："是，我是。"他觉得眼前这人似乎在哪里见过。

姜周易扬了扬手，身旁的曲乾将沉甸甸的一摞杂志往桌子上一摔："你订的杂志。"白眼一翻，曲乾内心怒骂，敢打朝朝主意，我一个字都不想多说！

“你们是不是搞错了……我虽然订了杂志，但我跟你们不认识啊？”邵一焦躁地看了一眼微信，发给尹朝朝的消息对方还没回，他喃喃，“朝朝怎么还不来？”

“尹朝朝不会来了。”姜周易扫了一眼桌上的小蛋糕和小玫瑰花，琢磨着这些东西一定是这位花花公子为了揽桃花精心准备的，不由得心烦意乱。

邵一偷瞄姜周易几眼，成功唤醒昨晚元旦晚会的记忆：“我认得你，你是不是一中元旦晚会的主持人？”他开始觉得不对劲，之前在舞台上姜周易很亲和的状态，怎么这会儿跟生吞一万吨炸药似的，看他的眼神就像看情敌。

他隐隐觉得不妙：“你跟尹朝朝什么关系？”

“我是她爸爸！”

“爸爸？”邵一蒙了，这是几个意思。

“你别以为我不知道你揣的啥坏心思，做人本分点！”姜周易掷地有声地说，“‘爸爸’这两个字代表什么意思，你不知道吗？不管你是多么优秀的男生，在我这儿狗屁不是，趁早离尹朝朝远点。”

邵一尴尬地挠了挠头，他只是看路边的花有点好看想撩一撩，没想到对方却是有主的，背后还有一大堆靠山。

正面“刚”？

这有违他尘世潇洒走一遭的初衷。

所以，他服软服得特别快：“大哥，您教训得是。”

姜周易一开始也没奔着打人来的，只是想吓一吓他，现在目的达成了，抓紧收尾：“你要的杂志我给你送来了，给钱吧。”

想起对方还没有删掉尹朝朝的微信，实在是个隐患，他继而道：“不要现金，给尹朝朝微信转过去。”

邵一连连点头：“大哥，转多少？”

关于收费这个事，尹朝朝去看电影临走前，特意跟姜周易交代清楚了。

她的原话是这样的：“这一单顾客订的杂志比较多，对方又是个学生，适当给点优惠，222 块钱，你就收 200 块。”

尹朝朝想的是将邵一吸纳成回头客，顺带将杂志订购业务覆盖到二中去，为春川爷爷报刊亭多赚点钱。

但姜周易并不这样想，他巴不得双方断得干净，于是随便说了个数字：“250 块。”

电影院里。

大杯冰可乐进肚以后，尹朝朝突然有点尿急，在去卫生间前，林云卷拦住她，善意提醒：“朝朝，要不然你把兜里的手机先放我这儿，万一再掉进水坑里可就完了。”毕竟，上个暑假，尹朝朝的手机就不幸掉进马桶里一次。

“行行，你帮我拿着。”尹朝朝猫着腰，捂着肚子往影厅外跑。

当手机里进来一条转账消息时，林云卷看了一眼对方 ID——邵一。

她一下子反应过来，“守护尹朝朝大作战”的计划进展到自己这一环节了。她迅速点了“确认收款”，并且用自己的手机给姜周易发了一个“OK”的表情。

收到这条消息的姜周易心情大好，连带着看邵一的眼神都友善了许多。

他站起身，拍了拍对方肩膀，命令道：“把我闺女微信删了。”

邵一：“……”

姜周易一行人离开得潇洒。

另一边，从卫生间回来的尹朝朝重新落座。

林云卷将手机还给她，语气自然道：“那个订杂志的顾客刚刚给你微信转账过来了，我替你领了。”

尹朝朝点头，点开邵一的微信界面，正想要说几句寒暄的话，让对方下次还来订购之类的。结果，不点开不要紧，一点开蓦地发现对方给自己多转了五十块钱。

尹朝朝的第一反应便是将多余的钱转回去，却发现系统提示对方非好友。改发文字过去，竟出现红色感叹号。

尹朝朝错愕不已，她这是被单方面删除了？

尹朝朝一头雾水地给姜周易发消息：“你那边什么情况？杂志送出去了吗？管对方收多少钱啊？”

那头秒回：“回程途中，杂志送了，钱收了二百块，你要求的。”

紧跟着一条信息：“对方说给你转账过去，这会儿工夫，钱应该收到了吧。”

“你真的说的二百块吗？那怎么我收到二百五十块呢？”

姜周易回了一个发怒的表情，外加一句话：“尹朝朝，你长长脑子，我是那种狮子大开口的人吗？就算我是，对方是脑子进水了答应多转钱吗？”

尹朝朝想了想：“都不是。”

她百思不得其解，将这个事跟林云卷说了说：“你觉得，邵一是什么意思？”

林云卷添油加醋：“别的我不清楚，单从他‘明明转二百块就行，却非要转二百五十块过来’这点看，我分析出两点可能——一是这人傻，二是他爱显摆自个儿有钱。不过，我看那天他来找你说话时还是很正常的，所以第二种可能性更大。”

尹朝朝不悦：“萍水相逢，他有什么好显摆的？”

林云卷摇头也装不知道，火上浇油：“不过你看，二百五这个数字，我怎么看怎么像他在骂你哎。”

尹朝朝想不通，心里有火，索性将邵一的微信删了。

05

时间飞逝，转眼间，高二上学期步入尾声。

明天就是期末考试了，刘仲一大早进教室便发现，班上的学生们书也不看了，题也不做了，像花果山的猴子一样四处乱窜，看得让人头大。他不得已敲黑板维持秩序："最后一天课，心又长草了是不是，连凳子都坐不住了？"

学期末，人心正浮躁。曲乾提议："老师，学是学不进去了，要不您给我们放点电影看，缓解一下考试前紧张的情绪呗。"

"紧张？我怎么没看出来？"话虽如此，刘仲亦知这群孩子铁了心地学不进去，索性道，"电影没有，元旦晚会成片出来了，看不看？"

全班众口一词："看！"

只要不让他们看书，看什么都行。

这天是周五，第七八节课原本是自习，被刘仲安排来放元旦晚会视频。

上课铃刚响，全班六十多个小脑瓜齐齐地抬头，目光殷切地看着刘仲："老班，您快放吧！"

刘仲无奈地笑："交作业的时候怎么没见你们这么积极！"

放元旦晚会视频前，发生了一个轰动全班的小插曲。

刘仲打开多媒体设备，登录校网教师端云盘时，底下有个眼尖的同学，在众多文件夹中发现其中一个名称很不寻常。

对方是个大嗓门男生，说话像是吼的：“你们快看啊，有个文件夹名字叫‘姜周易上课睡觉视频’。”

此言一出，所有人像是发现新大陆一般抻着脖子张望：“哪儿呢？哪儿呢？”

刘仲反应快，迅速将窗口关掉：“咋呼什么？黑历史而已，毕业时放给你们看。”他顿一下，“都安静点，我现在放视频了。”

所有人相继平复心情，投入观看阵营。

但尹朝朝除外，心底那个装着“好奇”的火药桶瞬间爆炸开来，她开始想法子去窥探一二。

放学时，班上同学陆续离开，尹朝朝故意慢吞吞地收拾书包，慢吞吞地往门口走，行至讲台的位置，看见方懿正要关多媒体设备，尹朝朝急忙揽下差事：“方懿，这里我替你收拾，你先走吧。”

说着，她指了指门口。那儿站着个男生，是方懿的新室友，尹朝朝每次去十七班找林云卷时都是对方帮忙传话的，一来二去，也算混个脸熟。

尹朝朝颇为贴心地道：“小道消息，食堂今晚有红烧肉，你们快去吃饭吧。”

方懿道了声谢，和新室友一块走了。

教室里只剩尹朝朝一人，她嘴角微扬，点开教师端云盘。

好在，账户没退。

她一下子就找到姜周易上课睡觉的文件夹，从书包里拿出U盘准备拷贝，心情如同在悬崖边走钢丝一般紧张而刺激。

她自以为这一切神不知鬼不觉，谁料螳螂捕蝉，黄雀在后。

立在班级后门处的姜周易透过澄净的玻璃窗，早将一切洞悉眼底。

耳边传来一声低咳。

尹朝朝僵硬地抬起头，当事人不知何时出现在门口，好整以暇地看着她，嘴唇一张一合："尹朝朝，你干什么呢？"

"没，没干什么。"脸上挂着一丝僵笑，尹朝朝立即反应过来，慌乱地伸手去拔U盘，本能地往兜里藏。

可惜，已经来不及。

姜周易身高腿长，迎上来就要抢："我都看到了，你赶紧拿出来。"

尹朝朝拔腿就跑，但到底抵不过姜周易，很快被他追上。

班级门口处放着一张凳子，尹朝朝灵机一动，干脆跳上去，拿U盘的那只手高高举起，拳头紧握，表情凝重，好似下一秒就要变身的奥特曼。而姜周易是虎视眈眈的怪兽，哦，不应该这样形容，应该是虎视眈眈的美少年。

推搡之中，尹朝朝不知怎么脚一崴，忽然失去重心，眼看着就要摔倒在地，忽然被人拽进怀里。

她的脸颊蓦地磕到少年胸膛，鼻尖微酸，却有阳光的味道钻进鼻腔。

尹朝朝抬头，愣怔地望着眼前人。

少年眼底有星辰，稀碎的、零星的，眉宇藏不住笑，眼角微微上扬着，漾出万千柔情。

天边挂着晚霞，走廊空旷，晚风柔柔，气氛暧昧得如同偶像剧中梦幻的场景。

她在这一瞬，听见了胸口小鹿乱撞的声音。

可惜，美好不过三秒钟……

姜周易开口讲话了。

“尹朝朝你是属蜗牛的吗？林云卷和何文昱等你吃饭呢。”

尹朝朝瞬间清醒过来。昨晚，赫尔苏街四人组约定了放学后一起去吃砂锅粉，这会儿，她估摸着另外两人已经在校门口等着了。

脸颊的红晕还高高挂着，尹朝朝有些不自然地别开视线，后退小半步：“我们快走吧。”

她太过羞愧，转身就往外跑，连书包都忘了拿。

最后，还是姜周易替她拿的。

少年憋着笑在后头追着跑，笑着笑着，想起方才那一幕的亲密接触，心跳蓦地漏了半拍，脸庞竟也攀上羞赧之色。

尹朝朝这顿饭吃得心不在焉。

突如其来的拥抱有着不容小觑的魔力，像是一支飞梭，猛然间撞到蜜糖罐子里，少女心事洒落一地。

回校时，她一只脚刚刚踏进班上，便听曲乾问："朝朝，你眼镜布在哪儿？借我用用。"

"书桌里，自己翻。"尹朝朝说着，突然想起什么来，抬手一摸鼻梁上方，那里空无一物。

她心叫不好："糟了，我把眼镜落在砂锅粉店了，我得回去取一趟。"

一只手忽然落在她后脑勺上，轻拍一下："你待着，我回去取。"

尹朝朝自然知道这声音属于姜周易，她摇头："我自己行的！"

再一抬脸，她看见面前的人，抿住嘴巴，不敢讲话了。

姜周易静静地看着她，那眼神透着几分哀怨，几分无奈，像是在看自家闯了祸的熊孩子："尹朝朝你听话一点，回座。"

他顺带扫了曲乾一眼，见对方校服兜里揣着一卷卫生纸，心中有了主意。

晚自习即将开始，他去校外一趟再回班上时极有可能迟到，为了免受刘仲责罚，他想办法给自己留后路："曲乾，纸借我一用。"

兜里忽然一空，曲乾嘀咕：“姜老大什么情况？”

青梅与竹马素来默契，尹朝朝望着少年飞驰下楼的身影，会心一笑：“这就叫，英雄不打无准备之仗。”

06

尹朝朝从没有像今天这般如坐针毡过。

距离晚自习开始还剩五分钟，折返砂锅粉店取眼镜的姜周易还没有回来。

期末考试前最后一节晚自习，没有要讲的东西，班主任各回各班，监督学生们上自习。

刘仲进教室时照旧手持戒尺：“所有人都老实点，看看书，背背单词，实在学不进去的趴桌子上睡觉，不许交头接耳，否则，本学期最后一顿竹板炒肉伺候。”

讲台上待不住，没几分钟，刘仲走到过道上巡视。

尹朝朝将头埋得低低的，手里攥着笔头抄作文素材，光抄没用，一点记不住。

她根本没走心，余光一直偷瞄刘仲的动向，瞥见对方往她这边走，心一紧，见对方转回身去，又稍稍松一口气。

一颗心浮浮沉沉好几次，她眼见着刘仲转悠两圈后往班级门口走，正要稍感松懈时，对方忽然想到了什么，猛地回头问：“姜周易去哪儿了，怎么没见他人影？”

“他拉肚子，去厕所了。”尹朝朝听见自己十万火急的声音。危急关头，来不及酝酿天衣无缝的说辞，她只希望刘仲不会无聊到去男厕所查岗。

“不会是还在校外，没回来吧？”姜还是老的辣。

“老师，他真回来了，人就在厕所呢！”尹朝朝煽动群众，“全班同学都能做证。”

刘仲嗤笑着摆手：“尹朝朝，你可拉倒吧，别以为我不知道，班里这几十个人跟姜周易有多亲。哪回不是他这班长一有事，全班人给他打掩护？”

尹朝朝挠头：“其实也没有啦，他跟您最亲的，我们跟您也是最亲。”

刘仲不吃她那套恭维话，他看了眼时间，不近人情地说：“我不管他是拉肚子还是怎么着，再有两分钟不来，算迟到，扣一学分。”

“别呀，您有话好好说不行嘛。”尹朝朝小声抗议。

一学期十二学分，姜周易的学分已经所剩寥寥，再扣下去，这学期的品行考核就没成绩了。

莫里一中有规定，期末考试成绩由期末卷和品行考核两部分构成，两者各占百分之五十。以姜周易的学习水平，考试成绩基本不抱希望，要是品行成绩再得不到，期末就得抱着鸭蛋回家了。

这样一来，尹朝朝何其愧疚。

她本想给姜周易发条短信过去，告诉他：“眼镜的事不重要，人抓紧回来。”

但是刘仲一直在她周围徘徊，这会儿更是一屁股坐在姜周易的位置上，完全不给她编辑消息的机会！

焦躁的情绪逐渐攀升，尹朝朝双手合十，向满天诸佛祈祷：她愿意以今后两年不再吃一根辣条为代价，换取能让姜周易在两分钟内赶回来的可能性。

兴许神明垂怜，最后一分钟，姜周易如同从天而降一般出现在班级门口。

少年满头大汗，手里攥着一卷纸，一抬头嘴唇发白，气若游丝道：“报告。”

尹朝朝冲他挤眼，做口型：“肚子！”

对方立即心领神会：“报告老师，不好意思，我吃坏肚子了。”

刘仲斜他一眼：“姜周易，你可真有出息，拉肚子还踩着上课铃去。”

姜周易毕恭毕敬地保证：“下次不会了。”

“行了，抓紧时间回座位吧。”刘仲总算饶人一命。

姜周易回到座位上。

尹朝朝耷拉着脑袋，一只手的食指和中指顺着桌沿开溜，像只成精的小人儿溜到同桌少年眼皮子底下，扑通一跪。她向他讨好：“我错了。”

姜周易淡淡地看了她一眼：“下不为例。”

“一定！”尹朝朝朝他伸手，“大佬，眼镜呢？”

话音刚落，她便看见姜周易从校服兜里掏出一个眼镜盒。少女粉的颜色，樱花满天的树下有两只小花猫，一只在打瞌睡，一只正追着蝴蝶跑，小表情萌坏了。

“眼镜在里面。”姜周易面无表情地将眼镜盒塞进尹朝朝手里。

尹朝朝受宠若惊：“眼镜盒也是我的吗？”

姜周易反问她：“不然呢，你觉得我一个大男生会选择这种配色吗？”

尹朝朝眼角藏不住笑：“这个实在太好看了，比我买的任何一个都漂亮！姜周易，你是在哪儿买的呀？精挑细选的吗？”

“地摊，随便拿的。”

尹朝朝一脸餍足：“你送的就是最好的，这个眼镜盒，我以后走哪儿带到哪儿去。”

姜周易翻书，不再看她：“随便你。”心底的笑意却悄无声息地攀上眼角眉梢。

方才，他回到砂锅粉店取眼镜时，老板好心提醒他买个眼镜盒省得下次再丢了。他一想，的确，以尹朝朝丢三落四的性格来讲，这种事未来定会再次发生。

为此，他特意跑了一趟学校附近的一家综合型书店，里面既卖书又卖文具，还有各种新奇的小玩意儿。

挑眼镜盒时他有些拿不定主意，向工作人员咨询：“女生都喜欢哪种款式的？”

对方是位中年女子，四十岁出头，态度亲和：“那要看对方是哪种类型的女孩子？”

类型？尹朝朝是哪种类型？御姐、萝莉、女汉子，好像都不符合。

姜周易想了想说：“蠢蠢的萌萌的，笑容很甜，像颗粉桃子。”

于是，工作人员就推荐给他这款樱花主题的眼镜盒。

粉，粉到少女心怦怦直跳。

他当时还担心尹朝朝不会喜欢，如今看来，是他多虑了。

九十分钟的晚自习中途有十分钟休息时间，让学生们自由活动。

书包里的字帖还剩几篇没写，尹朝朝闲着无聊练钢笔字，曲乾来借政治书，说是考前再捋一遍知识点。

尹朝朝写得正专注，头都没抬：“书包里，你自己翻。”

书桌侧面有个小粘钩，尹朝朝的书包最近挂在那上头。

曲乾自顾自去翻，课间有同学追逐大闹，有人不小心撞了他一下，曲乾手一抖，政治书从手中掉落，掉出一张四四方方的纸来。

曲乾好奇地打开，发现是张测试题，粉字标题颜色醒目，他下意识念出来："测试你的真命天子会在何时出现？"

尹朝朝忽然一怔，是当初林云卷带着全家桶来找她的那天，顺手给她的测试题！

她当时回教室后顺手夹进一本书中，早就忘了这茬子事，哪承想被曲乾这个大嘴巴误打误撞发现了。她伸手要抢："你给我！"

曲乾后退一步，将测试题高高举起，贱兮兮地说："尹朝朝同学，想不到你还信这个？说，是不是有心上人了？"

"要你管我！"尹朝朝也不知道哪儿来的爆发力，跳起来伸手去抢测试题。

正值课间，姜周易被班上同学叫去饮水机那儿帮忙更换桶装水。

尹朝朝在追着曲乾打闹的过程中没注意周围环境，脚绊到讲台台阶上，身子一斜，撞到少年脊背。

"对不起！"尹朝朝忙转身朝对方鞠一躬，仓促抬头，一不小心撞见少年微微彰显的喉结以及线条流畅的下颌线。

她的心跳骤然加速，连呼吸都乱了方寸。

她忙后退小半步："我不是故意的。"

"我没怪你。"姜周易说。

他轻而易举地夺过曲乾手中的测试题，手在空中转了个弯儿，最后递进尹朝朝手中，像个大家长一样主持公道：“自己的东西，看管好。下次曲乾再嘚瑟，告诉我，我来收拾他。”

尹朝朝不好意思地垂下头，不敢看他的眼睛：“谢谢。”

这一刻，距离林云卷给她测试题的那一天已经过去好久。

期间发生了很多事，她和姜周易成了同桌，一块被刘仲叫到办公室谈话，一起相约配眼镜，打了一个赌，还因为主持人选拔赛的事冷战过一段时间。

她想起主持人选拔赛落选那一刻的失落，姜周易不知道的是，她并非对主持有多大的兴趣，只是希望能和他并肩站在一起。她必须承认，元旦晚会时自己种种幼稚的行为是在吃醋。

她后知后觉，冥冥之中，有一种影影绰绰的情感早已萌生。

她起初没放在心上，如今已然明晰。

这天晚自习结束，尹朝朝离开教室时，不声不响地将测试题揉成个团，丢进垃圾桶里。

下课铃声悠长，立在垃圾桶边的少女眉宇带笑。

尹朝朝想，关于“真命天子会在何时出现”这个问题，她已经不需要测试了。

她好像知道答案了。

Chapter 5

凛冬的烦忧

.149.

01

春节前夕。

赫尔苏街四人组聚在馄饨铺子玩扑克。

对面报刊亭内，座机铃声骤响，春川爷爷不在，几个小辈不约而同起身跑过去接。

姜周易身高腿长，抢先一步接到电话。

电话是春川爷爷远在海南务工的儿子打来的，说是领导临时吩咐春节要加班，除夕夜不能赶回来了，叫老爷子别费心准备一桌酒菜，免得浪费。

等春川爷爷回来，姜周易将话转达过去，对方喝口茶水，说："不回来就不回来吧，折腾这一趟，回家也待不了几天，又浪费来回车票钱，有那钱干什么不好啊，够给我小孙子买多少吃的了。"

这话说得云淡风轻，可脸上落寞的神情藏不住，姜周易这孩子很懂事，私底下找其余三个伙伴商量："今年除夕夜，要不然大家都聚到春川爷爷家吧，老人家一个人太孤单了，大伙儿人多热闹，哄他开心开心。你们觉得怎么样？”

尹朝朝：“我在家是‘万人嫌’，我举双手赞成。”

林云卷：“我举双手双脚赞成。”

何文昱：“听哥安排，我没意见。”

事情就此定下来。

除夕当天。

一行四人先到超市买了些礼品，而后风风火火赶到春川爷爷家。

老人家感动不已，没聊几句话，就要下厨包饺子。

四人组一听，忙将厨房占领，对春川爷爷统一口径：“这儿交给我们，您看看电视喝喝茶，等着吃现成的就好。”

老人家拗不过，回客厅歇着，不一会儿，敲厨房门：“除夕夜的饺子，莫忘了吃福气啊。”

何文昱福至心灵：“福气是一定要吃的。”

所谓的“吃福气”是除夕夜家喻户晓的习俗之一，将一毛或者五毛的硬币清洗干净，就和着馅料包进饺子里，百十个当中仅有一两个，谁若是能吃到，来年就福气满满。

尹朝朝对此深信不疑，且志在必得。

几盘热气腾腾的饺子端上来时，姜周易同她下战书：“尹朝朝，一年一度的‘吃福气’大比拼，你敢不敢跟我赌？一方吃到钱，另一方给两百块！”

尹朝朝眉头都没皱一下：“赌就赌，谁怕谁！”

爽快应战后，尹朝朝煞有介事地思考了半分钟。

在这半分钟里，她回忆了一下去年的战况。

去年除夕，她是在姜周易家度过的。尹瀚生陪陈秋燕回娘家过年，她不愿意凑这个热闹，尹瀚生便请姜海代为照料她几天。

当晚“吃福气”环节，是尹朝朝先吃的，吃到肚皮都快撑破了，也没见到银光闪闪的硬币影子；而姜周易呢，最后才吃，伸出去的第一筷子，便吃到了硬币。

思及此，尹朝朝今年决定转换策略。她朝姜周易拱手：“您先请嘞。”心里盘算着：等你吃到撑的时候，我再吃，那样就能轻松捡漏啦。

然而，有一句老话怎么说来着？

人算不如天算。

尹朝朝做梦都想不到，姜周易居然再次被命运之神眷顾了！

只见他慢条斯理地拿起筷子，随便夹了一个看起来很干瘪的饺子，放进嘴里，一口咬下去。随后，她听得“咔嚓”一下，是硬币硌到牙齿的声音！

“你看，你又输了。”姜周易吐出硬币，扬扬得意地说。

愿赌服输，尹朝朝奉上两百大洋。

姜周易笑得开怀：“真好，今年的第一份压岁钱来了。”

尹朝朝鼓了鼓腮，没说话。

她呆呆地看着桌上的几大盘水饺，小脸一下子变得生无可恋起来。

好气，但还是要保持微笑。因为街坊四邻们说，正月里生气的话，一年都会是受气包。

“我宣布，本次世界大对决姜老大获胜！”一旁偷偷奸笑的林云卷当起了公证人，继而用官方腔调安慰失败的另一方，“朝朝，不要气馁，再接再厉，明年，明年你一定能赢。”

尹朝朝肩膀一耸，一副看破红尘的表情：“我这个人就不适合打赌，逢赌必输。”

“NO,NO,NO!”林云卷摇了摇一只手的食指，表情坚定，“你信我，明年我让……”她凑近尹朝朝耳畔，音量却没压下来，“我让文子在塞钱的那个饺子上做个特殊记号，素三鲜的就在饺子边上放点韭菜，要是香菇肉的，就放香菇，保证你能赢姜老大！”

尹朝朝僵硬地扬了扬嘴角：“小姐妹，你怎么回事，这么大声，他都听见了！”

“有吗？”大嗓门的林云卷后知后觉地捂嘴。

话音刚落，一道冷冷的男声回应：“我听到了，你这招没用了。”

林云卷：“……”默默退下。

厨房里，何文昱炒完最后一个菜端盘出来。

他四下环顾一圈没见到春川爷爷的身影，有些诧异地问大伙儿：“春川爷爷去哪儿了？”

“奇怪了，盛饺子时还在这里的呀。”林云卷挠头。

尹朝朝说：“刚刚人影一晃，这会儿应该在后厅吧。”

“你们先坐，我去叫人。”姜周易说着往外走。春川爷爷家是一个大院，前厅有厨房和客厅，中间有一条长廊连接后厅三个房间，他经过其中一间房门口，听见里面传来声音。

门没关实，透过细小的门缝，姜周易看见春川爷爷对着橘子奶奶的相片念叨：“老婆子，过年好啊。咱家儿子今年不回家过年了，我自个儿也没孤单，咱赫尔苏街上，街坊四邻的孩子们都来了。小周易、小朝朝还有云卷和文昱，你走得早，没能看见他们长大的样子……”

姜周易知道，春川爷爷是想橘子奶奶了。

早些年，春川爷爷和他的妻子橘子奶奶是赫尔苏街上出了名的“神仙伴侣”，两人一辈子没红过脸，就那么相濡以沫地携手走过三十年风风雨雨，只可惜橘子奶奶身体不好，早在姜周易七八岁时便离世了。春川爷爷重情，未曾再娶他人。

姜周易在门外踟蹰了一会儿，抬手叩门：“春川爷爷，吃饭了。”

屋里的人忙拭了拭有些湿润的眼角：“小周易啊，进来吧。”

姜周易看着相片中橘子奶奶慈祥和蔼的面容，不免有些伤情。他从兜里掏出面巾纸，递给春川爷爷擦眼泪：“您一定很想念橘子奶奶吧。”

春川爷爷叹息一声，嘴唇两侧的法令纹犹如刀刻，这使他看上去有些苍老：“想，当然想啊，一起生活了大半辈子的人，哪有不想的？”

庭前种着几株冬梅树，枝头淡红色的小花冷艳又耀眼。年过半百的老人站在门廊上，眼神坚定，一如多年前鲜衣怒马的少年郎，声音朗朗：“可我不难过，我与她总会再见面。”

当天吃过晚饭后，几个小辈围坐在老人身边陪着看春晚。

电视信号突然中断时，谁都没慌张，自然而然地改唠家常。

四人组有心逗老人开心，将自己的糗事大方分享。从孩童时期尿床一直聊到升小学、初中、高中，再后来不知道怎么，一下子聊到了未来，成家立业，娶妻生子。

有人说：“春川爷爷，讲讲您和橘子奶奶的故事吧。”

一提到“橘子奶奶”，老人家便笑了。

那是尹朝朝第一次翔实地了解到春川爷爷的爱情故事。

三十几年前，年仅十八的春川爷爷还是赫尔苏街报刊亭的打工仔，而橘子奶奶却是当时一家小有名气的报社的记者。

一次古董店暗访，橘子奶奶不慎暴露身份，对方表面上是开门做正经

生意的商家，暗地里却做倒卖文物的非法勾当。

犯罪头目老奸巨猾，在发觉橘子奶奶并非真正的买家后，当即叫了一帮小弟去追踪。

橘子奶奶阴错阳差地躲进春川爷爷的报刊亭，两人就此结缘，日生情愫。再后来，橘子奶奶顶着压力将新闻报道出来，警方历时一年半将犯罪团伙全员抓获。

消息传回赫尔苏街时，春川爷爷已与橘子奶奶结为夫妻，并且橘子奶奶有了身孕。当时的街坊四邻都劝这对新人搬走，以免这伙犯罪人员出狱以后伺机报复，橘子奶奶坚决不同意。

她站在院门前，一身正气：“我清楚地知道，我的新闻报道揭露的是世间肮脏事，我理应自豪，犯不着东躲西藏地过日子。我要坦坦荡荡地生活，就在这条街上，哪儿也不去。他日有来寻仇的，尽管来。”

茶过三巡，春川爷爷聊到这儿，说：“你们橘子奶奶这人其实胆子挺小的，怕黑、怕虫，还怕太阳晒。但那时真叫一个‘无所畏惧’，我听了这话，更加坚定了一件事——她就我要找的那个人，有骨气有魄力，是这世间最好的女子。”

院门对面，不知谁家开了音响，放的是刘胡轶的《从前慢》。

歌声飘扬，穿透明亮干净的窗棂，低沉又深情的男低音在唱：“从前的日色变得慢，车马邮件都慢，一生只够爱一个人……”

尹朝朝鼻头一酸，有点想哭。

她不是那种美满家庭中成长起来的孩子，幼时父母离异，绝大多数的亲戚也生活得不幸福，有的家庭充斥背叛，有的常年争执不休，呈现一种四分五裂的状态。

也因此，她毫不掩饰对春川爷爷和橘子奶奶的羡慕：“我想，能够遇见可以携手走一生的人，应该需要很大的幸运吧。我就算啦，运气一向不怎么好的。”

“傻丫头，不许说胡话。”春川爷爷作势要打她，最后只是伸手摸了摸她的发顶，面露慈爱道，“父母那一辈的感情是他们自己的事，你一个小孩子，模样长得好，又那么优秀，将来不用你主动找，如意郎君自己就上门来喽。”

老爷子看人看得准，说着，眼神朝姜周易那边瞟了一下：“你说是不是啊？”

“咳！”正喝茶水的姜周易猛然一呛，茶杯一下子掉到怀里，亮红色的普洱茶水喷溅而出，像柴火堆里蹦出来的火星子，灼得他脸颊发烫，耳根泛红。

再抬头，对上一双熟悉的笑眼，心像被人敲打的铜锣，震颤得十分厉害。

02

正月初六，送穷神。按民间习俗，这天家家户户都要进行大扫除。

尹家。

尹朝朝万万想不到，这一扫，竟然扫出糟心事来。

她不过是上个厕所的工夫，藏在床底的一箱子小说便被尹瀚生阴错阳差地发现了！

七八个大本子，随便翻开一本都是密密麻麻的字，上头的一笔一画，凝聚了尹朝朝五六年的创作心血。

与此同时，她写小说时有个习惯，会在本子右上角记录创作日期。

她一度认为这习惯不错，但在这一刻，她恨不得将右上角全部撕掉。

因为尹瀚生在翻腾的时候，发现了她近期使用的那一本。自打开学以来，她隔三岔五便记录一段，最新一页小说内容，日期正好是昨天。

尹瀚生气得头顶都快冒烟："尹朝朝！你怎么跟我保证的？不是说不写了吗？怎么背地里又偷偷摸摸捣鼓起来了？我看你是贼心不死啊！"

尹朝朝小声争辩："您只说上学期间不许写，业余时间也没下'禁令'啊。我反正闲着也是闲着，写点东西，自娱自乐怎么了？"

"闲着也是闲着？"尹瀚生额头青筋暴起，"尹朝朝，你是不是仗着自个儿年级第一了不起啊，我跟你说，就你这学习态度，迟早得完。"

“学习学习，又是学习。爸，您平心而论，学习上的事我什么时候怠慢了，哪次作业不是认真完成的，哪回考试没认真准备过？”尹朝朝据理力争。

她平日里很怕尹瀚生，但倔脾气一旦上来，便管不了那么多了。

她打起嘴仗来，也是毫不含糊：“我知道您想让我考清华北大，但凡事都得有个度不是？人家老师都说要掌握劳逸结合呢！您管得也太严了吧。我一没早恋，二没打架斗殴，写点东西怎么了？”

“混账东西！”尹瀚生情绪上来，一巴掌扬了过去。

“啪”的一声，尹朝朝只觉左边脸颊火辣辣地疼。

脑子里一片混沌，跟糨糊似的，还是那种煮到沸腾直冒热气的糨糊。尹朝朝难以置信地睁大眼，声音颤抖且带着怒意：“爸，您打我！就因为写点小说，您竟然狠心打我！您您您……”

尹朝朝“您”了半天也说不出什么来，面前的人是她爸，她再生气也不能吐脏字，更何况，她根本就不会骂人！

所以，如果这时你处在第三视角，就会看到这样一幕好气又好笑的画面

梳着马尾辫的小姑娘梗着脖子看着她的父亲，脸色涨红，气得直跺脚，可憋了好半天，只哀怨地喊出一句话：“您过分！”随后，夺门而出。

然而，气不过三秒。

当身后响起一道“嘭”的关门声时，冷风飕飕的楼道里，身穿单薄卡通睡衣、脚趿拉着棉拖鞋的尹朝朝便后悔了。

家门外太冷了！

她实在是被自己不留后路的行为蠢哭了！生气就生气，怎么能连件羽绒服都不拿？鞋子都不换？并且，忘记拿钥匙，兜里一毛钱都没有！

当然，她也不是没想过转回身敲门请继母陈秋燕扔一身衣服出来，但那样做实在太掉链子，弄不好尹瀚生又会逮住机会教训她，并且叫嚣：“你有本事就别回来！”

尹朝朝觉得，离家出走这种事，主动权要掌握在自己手里。

所以，她愣是硬着头皮往楼下跑，一门心思往赫尔苏街上跑，维修铺、馄饨摊、小发廊，还有报刊亭，避风头的地方有的是。

结果刚出单元门，就迎面和一个人撞了满怀。

“尹朝朝，你赶着去投胎吗？”熟悉的少年音，略带嫌弃。

尹朝朝不用抬眼瞧便知道对方是谁。

被尹瀚生掌掴的委屈感迟迟地涌上心头，她“哇”的一声就哭了出来，抽抽搭搭地向他告状：“姜周易，老尹同志，动手打我了。”

模样忒可怜，姜周易看得心头一颤。

再一看对方单薄的穿着，他立即将自己身上的羽绒服脱下来，让对方穿上。

凛冬之际，少年刚去修理了一家住户的冰箱，客户住八楼，楼内电梯坏了，他爬上爬下，出了一身的汗，这会儿外套一脱，寒意汹涌地往骨子里钻。明明他自己也冷，嘴上却说：“尹朝朝你别推托了行不行，让你穿你就穿，到时候冻出个好歹来，别说我没救你。”

羽绒服很长，直到脚踝位置，尹朝朝霎时觉得温暖了许多，破涕为笑。

姜周易睨她一眼：“你到底怎么回事？”

尹朝朝把自己和尹瀚生争执的前因后果讲了一遍，姜周易听完以后说：“别告诉我，你离家出走，一点装备都没有？”

尹朝朝原地转了一圈，那意思是，一切如你所见。

“实在是胡闹。”姜周易恨铁不成钢地问，“那你有去处吗？”

“没有。”

“那就跟我回家。”

“好。”语气干脆欢快，和宠物店里被人领养的小狗喊“汪”如出一辙。

乖乖的，眼神中充斥着信任。

姜周易失笑：“尹朝朝，你什么时候如此听话了？”

“我一直都很听话的。”尹朝朝仰起小脸，反问他，“所以说，听话的小孩有奖励吗？”

“你想要什么奖励？”

尹朝朝眼珠子一转，指着对面街道上一家开着的奶茶店：“我想喝杯珍珠奶茶！”

“那你想吧。”

“不能给我买吗？”

“不能。”

十分钟后，尹朝朝手捧着姜周易买来的珍珠奶茶，穿着姜周易的羽绒服，昂首阔步地走进维修铺。

十二分钟后，姜海知道尹家父女争执的事情（尹朝朝添油加醋的版本）。

二十分钟后，离家出走的尹朝朝同学从她善良的姜海叔叔那里得到了姜家阁楼的暂时居住权。

人间自有真情在。

03

政治讲到必修哲学部分时，老师说得最高频的一句话便是“凡事要从辩证的角度看问题”。

尹朝朝对这个知识点烂熟于心。

就拿这次准备不足又略显莽撞的离家出走来说吧，尹朝朝自个儿分析着，某种程度上，它并非坏事一桩，相反的，在尹瀚生管束不到的地方，她可以自在畅快地写小说了。

饶是这样，她也免不了出现灵感枯竭的时候。

当天晚上，姜周易上阁楼探望时就见一片漆黑的房间里，尹朝朝披头散发地坐在地上，膝盖上放着笔记本电脑，电脑屏幕溢出惨白的光打在她脸上，她耷拉着脑袋，颓废且幽怨。

那画面有些诡异，并且富有视觉冲击力。

他被吓了一大跳："尹朝朝，你这大晚上的扮鬼呢？"

埋怨一句，本能地抬手开灯。

房间重现光亮。

大脑从"卡文"造成的宕机状态中恢复过来，尹朝朝问："姜周易，你怎么来了？"

"给你送点东西。"姜周易将一个小熊维尼的行李箱拎到她面前。

尹朝朝一脸问号："行李箱？你送我这个干什么？"再揉了揉眼，觉得这箱子看着有点眼熟，"我家也有一个，和你送的这个一模一样哎。"

"这就是你的。"

"啊？"

"刚刚尹叔叔来过了，让我把这箱子给你，里面装了些洗漱用品和换洗衣服。”似是想起什么，姜周易从兜里掏出一沓钱，“还有这两千块钱……”

“别别别，别给我！”尹朝朝一下子往后蹿了两三米，表情惊悚。

姜周易向前两步：“尹朝朝，你别这么一惊一乍的行吗？看清楚了，这是钱，不是炸药。”

“就是因为它是钱，我才更不能要啊！”尹朝朝后退半步，苦着一张脸说。

她深呼吸一下，忐忑地问：“姜周易，老尹同志是不是要把我逐出家门啊？”

姜周易有些好笑地说：“尹朝朝，你一天到晚想的都是什么东西啊！尹叔叔说了，今天的事是他冲动了，是他不对，不应该跟你动手，让我把这些东西交给你。等你什么时候气消了，再回尹家。”

“老尹同志有这么好？”有几分受宠若惊的语气。

“你问我，我问谁，你自己父亲你不了解？”

顽固、别扭，刀子嘴豆腐心。尹朝朝在心底细数尹瀚生的三大特点，努了努嘴：“那他怎么不自己给我送上来呀？”

“尹叔叔亲自送上来，你能接吗？”

“不能，我磨不开那个脸。”

“那不就对了。”姜周易再次把钱递过去，“行了，这回放心拿吧。”

尹朝朝乐了：“说实话，老尹同志出手这么阔绰，我还有点愧疚了。”

父女吵架，吵完不过三秒钟便各自后悔，接着又用另一种方式去弥补。

可谓世间常态。

“那你早点睡，我下去了。”

“不行！你等我一下……我有一个忙想让你帮。”尹朝朝指了指笔记本电脑，“我卡文了，你帮我看看好不好？”

“尹朝朝，你难道不知道我语文作文打多少分吗？”

满分四十分的大作文，每回都卡在三类文那档，班主任刘仲的原话是：“也就字迹好看一些，否则给你十五分都嫌多。”

话虽如此，当尹朝朝一脸央求模样拉着他到电脑前时，他并没有表现出抗拒来。

那样说一不二的少年，在他的小青梅面前，一向原则尽失。

再说回看小说这个事，和大多数男孩一样，姜周易在念高中前也有过一段对小说痴迷的时候，书看得多了，对小说章节的划分、情节的安排以及各种写作问题，都了解得十有八九。正因如此，他大概浏览了一下尹朝朝写的东西，很快发现症结所在。

他严肃认真地指出她所犯的毛病：“尹朝朝，你这篇小说走的是轻松平淡的校园风格，但有的部分又过于狗血和悲剧，这是问题之一。再者，这个打酱油的男 N 号描述的笔墨过多，但两章看下来，他并没有起到推动剧情的作用，所以，我觉得你是否可以把他删掉，这是问题之二……”

说到这儿，姜周易嗓音顿了一下，面前少女那一脸崇拜的小表情使他暂时分心，他故作冷傲地问：“尹朝朝，你用这种眼神看着我做什么？难不成几句话，就让你崇拜了？”

“崇拜哪里够，在您这儿，我是膜拜。”

照旧拍了一句马屁，在那之后尹朝朝恢复正形，同他诉说烦恼：“你说的问题我也意识到了，但我不知道怎么改。”

尹朝朝将自己网文界面的评论区调出来，姜周易扫了几眼：“评论呈两极化，有夸赞的，也有贬低的，这是很正常的情况啊，你就为这个苦恼？”

尹朝朝点了点头，语气听起来有些沮丧：“每次发文底下的评论区都有各种声音，我做不到忽视，心里挂念着一句‘写出来的东西不能让大家失望’，可不知道为什么，最近觉得无力感越来越重的样子，灵感也缺乏了……”

“原因很简单啊，是你缺乏主见。”

姜周易拨弄着鼠标，将近期的评论仔细读了一遍，收起脸上一贯玩世不恭的神情，指点迷津：“你看看你自己是怎么做的，今天有人跟你说故事没火花，你就去加人物强行用配角带戏。明天有人跟你说这个配角不讨喜，你便让他在下一章领盒饭。到头来，都是读者想法，哪里还是你构思出的小说呢？更何况，在读者划分两派的情况下，你顺应他们的心思去写，写出来的东西不自相矛盾才怪了。”

他扳正她的头，语重心长地说："尹朝朝，你写小说不就是为了开心吗？我希望你能够不忘初心，坚持自我的写作思路。世界那么大，喜欢你的人会继续喜欢，不喜欢你的你也强求不来，不是吗？"

窗明几净的小阁楼里，月光铺了一地。

少年的话掷地有声，像警世钟一般将尹朝朝从迷途中唤醒。她一眨不眨地看着他，肯定的语气："姜周易，你说得对！"

姜周易挑了挑眉："所以，你知道这么做了？"

尹朝朝沉沉地"嗯"了一声，忽然话锋一转："不过，我倒是发现你和我们家何文昱弟弟越来越像了。"

姜周易看着面前上演"永琪式歪头杀"的某人，笑着问："哪里像？"

"就是你刚刚讲道理的样子啊，不苟言笑，又很中肯，你们俩都是……都是人生导师的节奏！"尹朝朝对自己的总结很满意。

"行了吧，我哪能跟文子比，人生导师？我连数学的函数题都'导'不明白。"姜周易一副"你这是天方夜谭"的表情。

尹朝朝却不以为然，细数他的优点："你别不信啊，我给你分析一下，你看看你，维修东西无人能敌吧。再说做主持人、做演讲，所向披靡吧。我觉得你是那种做什么事都能做得很棒的人，前提是你肯去花心思。至于学习，就是一件需要勤奋的事，肯用功，就会有收获，我相信，你绝对行的。"

好一番肺腑之言。

听得姜周易心里怪乐呵的。

但他嘴上不说，一副“虽然我收到了你的‘彩虹屁’，但是我很傲娇，绝对不会说你夸得好”的样子：“那可不行，我得给你剩一个优点。”接着捏了一下她的脸，懒洋洋道，“下楼了。”

等人走出房间，尹朝朝脑筋才转过弯来：“剩一个优点给我……唉，这人真是，我除了学习好以外，就没别的优点了吗？”

“没有。”楼梯处飘来少年笃定的声音。

尹朝朝轻哼一声，说实话的人一点都不可爱。

04

元宵节。

春川爷爷的儿子终于从海南回来探望老父亲。

春川爷爷姓肖，名春川，橘子奶奶姓程，名宛，膝下一子，叫肖程。和肖程同行的还有他的一对双胞胎儿子和贤惠的媳妇，一家四口在夕阳落山之际抵达赫尔苏街。

过了客流量高峰，邻里街坊们聚在巷口吃茶聊天，一见有故人归，相继起身相迎，顺带逗一逗虎头虎脑的双胞胎。两个孩子开朗，不知被哪句话戳中了笑点，在妈妈怀里乐得扑腾起来，像两条顽皮的小鲤鱼，场面热闹且温馨。

肖程一家此次回来，不是简单待几天，而是要将老人接到海南养老去。当儿子的大学毕业便去外面闯荡，近几年也攒了些积蓄，两个孩子还小，用不着操心成家立业的事，就想着孝顺老父亲。这不，父子一见面，儿子便将这一心窝子的话倒出来。

邻里街坊都羡慕不已，谁知当事人却坚决不同意。

肖程不解："爸，您这是做什么？"

"我年岁大了，还能去哪儿呢？老一辈都讲究落叶归根，我在这街上住得太久了，不想走了。"老人家有他自己的顾虑，"你和儿媳又是工作，又是带孩子，已经很累了，我再跟过去添麻烦？这像话吗？"

"爸，您怎么能这么说呢？那老一辈人还说养儿防老呢，您既然把我养大成人，您的后半生儿子就得管着。早先是生活条件不好没底气跟您开这个口，现在您儿子也赚了些钱，别的都不想，就想将您接到身边颐养天年，您得成全啊。"

这边儿子苦口婆心地说，街坊四邻中年纪最长的张爷爷也跟着劝。

张爷爷年近古稀，凡是看得通透，一针见血地说："川子啊，你听你张哥几句劝。眼下咱们这帮老人年纪一天比一天长，身子骨也一天不如一天，说句不好听的话，谁知道哪天两眼一闭就到另一个世界去了呢？树欲静而风不止，孩子大了想尽孝，你要给机会啊。"

尹朝朝也在一旁附和："是啊，春川爷爷，您就听肖程叔叔的话吧，一块去海南生活，以后真到了分别那天，谁都不留下遗憾啊。"

前两年，春川爷爷有一次心脏病复发倒在巷口，是赫尔苏街上的邻居们一块送到医院的，医生说幸亏赶来得及时，否则再晚几分钟，就错过了最佳抢救时间。

事后，老爷子从鬼门关回来，怕远在他省的儿子担心，愣是嘱咐左邻右舍不要将事情告知，直到现在，肖程一家都不知情，但尹朝朝清楚，并且一直心有余悸。

听到肖程叔叔说要将春川爷爷接走，她不知道有多么替老人家开心，一个劲地劝："春川爷爷，您不是总念叨自己的两个大胖孙子吗？这回跟肖程叔叔住过去，每天都能见到啦，平常接孩子上下学，闲下来再一块去公园玩，多好的事啊。"

一对双胞胎也是人精，听了尹朝朝这话，忙从妈妈怀里蹿下来去抱爷爷大腿，一边儿一个，仰着肉嘟嘟的小脸撒娇："好爷爷，跟我们一起住嘛，一起住好不好？"

最终，老人一抹眼泪，妥协道："那就搬去吧。"

四下看了看家中大院，又说："不过，这宅子不能卖，我以后倘若能走得动便一年回来看几次。若是真到了身归西方那天，便将我火化了，骨灰盒拿回莫里，和你妈葬到一块去，我怕她孤单。"

生同衾，死同穴。

春川爷爷临去海南前，曾来过姜家一趟。

报刊亭要出兑，赶在盘点资产前，老人家特意给尹朝朝送来好几捆她爱看的杂志，并且给了个大红包，说是感谢她一直以来帮忙打理摊子。

尹朝朝哪里肯要，倔脾气上来，满屋子躲着推辞："春川爷爷，您这礼我不能要。"

老爷子的脾气也是出了名的犟："不行，孩子，我特意来一趟，你必须都收下。"

两人犟了半天也没犟出个结果来，最后各退一步。

尹朝朝仅把杂志收下，领了春川爷爷的好意。

而春川爷爷也终于听劝，将红包收回去给自己两个孙子花。

分别时，老人家拍了拍尹朝朝的发顶，依依不舍道："小朝朝啊，你虽然不是我们肖家的孩子，但春川爷爷一直把你当作亲孙女看待。你父亲尹瀚生呢，性子是火暴了些，有时候说话做事会令你伤心，但他其实很爱你，只是表达不出来而已。你离家出走，他不知道有多惦记呢。听爷爷的话，早点回去服个软，然后和好吧。"

尹朝朝红着眼眶点头答应。

维修铺门外响起汽车喇叭声，肖程的声音从车里传来："爸，时间不早了，得赶飞机了。"

尹朝朝将人送到门口，压抑着难过的情绪，郑重地说了一声："春川爷爷再见。”

一老一小拥抱一下，就此作别。

尹朝朝日后回想起这天，因为春川爷爷的离开，记忆里总是蒙着一层伤感色调，老人家的每一句叮咛都令人记忆犹新。

05

“周易，洗洗手吃饭了。”

“来了，爸。”

“哎，朝朝去哪儿了？”

“阁楼呢，我去叫。”

晚饭照旧是四菜一汤，姜海对吃有研究，做饭从来不对付。今天这桌有红烧鱼，鱼是他跟几个朋友去水库周边钓的，一条六斤多，钓了一下午。

锅盖一掀，香味直直地往阁楼上扑去，给姜周易开路。

到了门口，他敲了两下，没人应。

他起初以为尹朝朝睡着了，竖起耳朵一听，里面传来细微的抽噎声。

姜周易一怔，小丫头八成是因为春川爷爷搬去海南的事伤心了。

说起来，尹朝朝这小孩挺重感情的。她小时候尹瀚生有一次买了条活鱼回来，她说什么都不让杀说要养着，还把自己洗澡的小水盆借给鱼儿住。五六斤的胖头鱼，根本就不是能安心当宠物的主儿，一到晚上直扑腾，弄得一地水不说，还害得半夜上厕所的尹瀚生连着三个晚上摔了大屁股蹲儿。

尹瀚生又气又无奈，虽说守护女儿的童心很重要，但也不能让他把老命搭进去吧。更何况那鱼就是用来吃的，刚买时还新鲜，被尹朝朝“悉心喂养”了几天后，已经是半死不活的状态了。他认真思考了一通，最后趁着尹朝朝上幼儿园的时候，一不做二不休，把鱼炖了。

尹朝朝放学回家看到一锅炖鱼傻眼了，愣是哭了一天一宿没吃饭，哭到最后嗓子都哑了，眼神也涣散了，把尹瀚生吓坏了。

那时何朝兰还没和尹瀚生离婚，前者知道这事以后让后者跪了一下午的搓衣板。一直到新任女主人陈秋燕进门，“鱼”都是从尹家菜谱上除名的状态。

而这一切的一切，竹马少年姜周易都十分清楚。

除此之外，他还知道尹朝朝这人哭的时候有一个禁区。

那就是，千万不能劝。

任由她哭的话，三分钟就能停，一旦有人哄，就会哭号个没完。

所以，当姜周易发现阁楼房门没锁直接推门进去，对上尹朝朝那双哭肿的眼睛时，他表现得十分淡定：“吃饭了。”

尹朝朝抽抽搭搭地“嗯”了一声，一眨眼，两滴豆大的眼泪又从脸上滚落下来。

姜周易走上前，将手机里的相机功能打开，调整到前置摄像头，呈给尹朝朝的同时问她："你知不知道你现在哭得有多丑？"

尹朝朝看了一眼手机屏幕里那个眼睛肿得像桃子、脸红得像烤乳猪头一样的人，大脑忽然放空了："这人是谁？好丑啊。"

姜周易这时说："我敢跟你保证，如果你保持现在的掉眼泪频率，第二天一早醒来，一定会成为十六班眼睛最小的人，一条缝，勉强能睁开的那种。"

尹朝朝笑了一下："姜周易，我知道你这是在变着法地安慰我，让我不要再哭了。"可笑着笑着表情又落寞下来，声音跟着哽咽，"可是我真的好难过啊，姜周易，春川爷爷去海南和子女团聚这是好事，我为他老人家高兴来着，可是乐着乐着我就想起我自己的爷爷来了。"

尹朝朝的爷爷是在她读小学三年级时过世的，老爷子住在乡下，心脏病发作，走得突然，没给子女留下一句话。

这也是尹朝朝不敢触碰的心结所在。

直到现在，她都不能相信前一天还在电话里劝她不要总和尹瀚生吵架的爷爷，允诺她期末考第一就送她一辆自行车的爷爷，会在第二天以一种仓促又猛烈的方式黯然离开。

这样的伤痛，她经历过一次，不想再有第二次。

所以，她才会那样不遗余力地劝春川爷爷去海南和子女生活。

因为人世间虽有千万磨难，但最让人惧怕的，是"后悔"和"遗憾"。

阁楼静悄悄的，尹朝朝的声音很轻很低，像太阳出来后房檐下半化不化的小雪人，脆弱得不堪一击。

姜周易觉得他的心脏好像被什么东西踹了一下，抽痛了好几秒钟。

他想找个地方坐下，坐到尹朝朝身边去。

他没说话，只是将肩膀借了出来，然后眸光温柔地看了尹朝朝一眼，表示自己做好了倾听的准备。

肩膀忽然一重，熟悉的洗发水香味钻进鼻腔。

他再次听见她说话的声音。

她说："姜周易，春川爷爷跟我说了好多的话，你听到了吗？"

她说："他老人家跟我爷爷说的话一模一样，我想我爷爷了。"

她说："可是我爷爷已经不在了，他离开这个世界太久了，久得我都快忘记他的样子了。"

她又说："姜周易，你说爷爷是不是怪我了，怪我不听他的话总和老尹同志吵架。所以好多年都不让我梦到他啊。"

带着哭腔的几句话，听上去让人有些心疼。

姜周易微微侧头，伸手摸了摸靠在肩膀上的发顶，语气温柔得像是在哄孩子："不会的，尹爷爷不会怪你的，他一直不出现在你的梦里，是因为他在另一个世界生活得很好啊。就像我妈妈一样，她知道她的儿子一定在很努力地生活，所以她在她的世界里啊，就可以一心一意地当好历史老师，继续教书育人啦。尹朝朝你是知道的，我妈妈工作起来很拼的。”

“我曾经问过春川爷爷是否想念橘子奶奶，他当时说了两句话：一句是‘想啊，一起生活了大半辈子的人，哪有不想的’，另一句是‘可是我不难过，我们总会见面的’。这两句也代表着我的心境。”

十七岁的少年喉结滚了滚，声音笃定：“分别这种事情，我们一生中会遇到很多次的，无论是生离还是死别，但尹朝朝你要清楚一点，爱是一直都在的。”

“对不起啊，勾起了你的伤心事。”尹朝朝吸了吸鼻子，脑袋依旧保持靠肩的姿势。

她没有抬起头来去看余光里少年的正脸，她也不敢抬头，因为她清楚，失去亲人的痛苦，是绵长而永不消弭的。她不曾抬头却也知道此刻她的竹马少年也一定红了眼眶，因为要守护男子汉的自尊心，在强忍着想哭的情绪。

她在心底默数了十个数字，听到少年以云淡风轻的口吻说：“我没事啊，我都习惯了，才不难过。”这才松了一口气。

她的竹马少年啊，总是很懂事的样子，懂事得让人心疼。

沉默了一会儿，尹朝朝觉得自己没那么难过了，一拍肚皮：“姜周易，我饿了。”

“我也饿了，下楼吃饭吧。”

“好。”

“等下，你先去卫生间洗把脸，别让我爸看出你哭过了。”

“我眼皮都哭肿了哎，能瞒得住吗？要不要贴个面膜？但那好像有点‘此地无银三百两’的意思啊。”

“尹朝朝，你是不是傻？”

几句对话，重新回到斗嘴模式。

两个人各自冷哼一声，一前一后下了楼，都偷偷地扬起嘴角。

走在前头的女孩在想，不枉我犯傻一回，你终于笑了呀。

跟在后面的少年在想，小傻子总算恢复话痨状态，看来心情好多了吧。

厨房里香气四溢，煮饭的高压锅吱吱响，慷慨激昂得像是在讲道理，说没有什么伤痛过不去。

. Chapter 6 .

/留在我身边/

01

莫里一中的寒假安排从腊月十七放到正月十六，一放放四周。

时间看着挺久的，可日子过起来，就是弹指一挥间的事儿。

新学期开学，班主任刘仲顶着一个硬汉风的寸头亮相十六班，引得女生们尖叫连连：“啊啊啊，老师，您太帅了！”

曲乾作为彩虹屁高手压轴发言：“天哪，这还是我的班主任吗？帅到让人昏厥啊！老刘，一假期没见，我老想老想老想您了！”

“烦人样吧你。”

刘仲傲娇地翻了个白眼，接着踱步走上讲台：“开学第一天，没有缺席的吧？有个事儿我得先跟大家说一声，毕竟待会儿要收假期作业、发教材，我怕忙忘了。”

所有人立刻端正坐姿，一副洗耳恭听的样子。

紧接着，刘仲宣布了一则爆炸性的消息：“这个周六下午，也就是后天，学校要求各班开家长会，届时学生家长一块出席，我有好多话要念叨念叨。”

消息一出，教室瞬间炸开了锅。

尹朝朝挺直的小身板瞬间垮了。

这是她和尹瀚生冷战的第十天，学校居然丧心病狂地要开家长会？岂不是存心将她置于尴尬之地吗？

尹朝朝开动脑子里的“柯南小剧场”，慎重地分析起眼下局势来。

首先，学校要开家长会这件事，身为体育老师的尹瀚生不可能全然不知。这也就意味着，无论她通不通知，对方周六都会到场。

其次，既然尹瀚生不能不来，为了避免正面交锋，她就必须得溜。

所以，家长会当天，尹朝朝故意早早地到达教室，趁着尹瀚生还没来，装起了肚子疼，对刘仲说：“老师，我有点吃坏肚子了，去趟厕所行吗？”

“快去快回。”刘仲正忙着布置场地，没太搭理她。

尹朝朝快速回应：“知道了。”

等走到女厕所门口，她身子一闪，从旁边的楼梯口逃窜。

她气喘吁吁地跑了一路，终于抵达校门口。

她正想缓一口气，不料竟和对面从赫尔苏街来的姜周易狭路相逢。

对方眸光中带着打量，问她：“尹朝朝，你这是要去哪儿？”

“上，上厕所，我肚子有点疼。”尹朝朝捂着肚子，故意气若游丝地道。

奈何演技再高明，也架不住眼前人有一双火眼金睛。

姜周易一语道破：“教学楼里有厕所你不去，至于跑到校外来？尹朝朝，你胆子肥了啊，家长会都敢逃？”

“没……没有的事。”尹朝朝猛摇头，神情慌张得像极了被捕快逮到衙门口的罪犯，“大佬，你听我解释。”

姜周易掀了掀眼皮，一把抓住尹朝朝的衣领：“解释无效，跟我回去。”

忽然被扼住命运后脖颈的尹某人：“……”大佬果真是无情无义的存在呢。

回到班上以后，尹朝朝仍贼心不死。

她大张旗鼓地从书包里翻出一片卫生巾，故意让同桌少年看见。

待到视线相撞时，她有气无力地说：“姜周易，我没骗你，我真的得去趟厕所，生理期来了。”

姜周易恍然大悟地点了点头，忽然贴心道：“那你快去吧。”

尹朝朝心底大喜，急忙从座位上站起来，还没等她迈开步子，就被人强行拉回座位，屁股重重地撞了一下，痛得她想哭。

这时旁边传来一道冷漠无情的声音：“如果我没记错的话，你的生理期是六号到十二号，非常稳定。然而今天是二十一号，尹朝朝，你的谎言太拙劣了。”

尹朝朝错愕地看着身边的人，眼神复杂得像是在看变态：“你你你，你是怎么知道的！”

姜周易处变不惊道：“是谁平日里跳脱得像疯兔子一样到处乱窜，一到那几天坐不离席，连着一周猛灌红糖水？你的生理期？抱歉，我没兴趣，但想不知道都难。”

尹朝朝正欲争辩，姜周易忽然咳了两声，似在暗示她什么。

她一抬头，只见尹瀚生出现在班级门口，瞬间心如死灰了。

家长会定在下午一点到四点。

刘仲欲扬先抑，在展望新学期之前，点名了上学期犯事比较多的几个人，尹朝朝因为写小说这事名列其中。

从刘仲口中听到自己的名字时，尹朝朝心里“咯噔”一下，下意识偷瞄旁边尹瀚生的脸色，对方的脸色并没有多糟糕，反倒平淡得出奇。

通常这种情况下，尹朝朝的大脑会自动理解为“暴风雨之前的宁静”，所以她偷瞄完之后心更慌了。

三个小时的会议中途有个休息时间，是在两点半的时候，休息二十分钟，供家长们相互交流。

趁着尹瀚生和姜海聊天的工夫，尹朝朝将姜周易拽到走廊。她压低嗓音问："姜周易，你注意到老尹同志的表情了吗？"

"表情看上去很平静，应该不会就'离家出走'这件事找你谈话了。"

"才不是呢！以我对他的了解，这肯定是酝酿大招呢！你说我该怎么办？还有四十分钟，家长会就结束了，我现在溜行不行？"心越慌，语速越快。

"你觉得呢？刘仲和尹叔叔，哪个能放行？"

"都，都不太能……"

班级门口堆了几箱买来的矿泉水，姜周易安排几个男生发下去，顺便塞给尹朝朝一瓶，点拨她几句："尹朝朝你有点出息行不行，跟自己亲爸还拧巴什么，听话，把水给尹叔叔送去，借机会说句软话，和好就是分分钟的事。"

"不是，我，那个，他、我爸……"尹朝朝焦躁到语言系统出现混乱。

姜周易挤出个假笑，二话不说地将对方拎到班级门口，冷冷地催促："赶快去。"顺便同父亲姜海交换了一下眼神。

姜海立即起身，以上厕所为由，从尹瀚生身边走开。

尹朝朝没有选择，只能硬着头皮走到尹瀚生身边。

她耷拉着脑袋，恭顺地将矿泉水递过去："爸，您喝水。"

尹瀚生看她一眼，接过之后象征性地喝了一口水：“你不渴吗？”

“不渴。”

“早上吃饭了吗？”

“吃了。”

“这些天在你姜叔叔家住得习惯吗？”

“还好。”

尹瀚生其实还想问“所以，你打算什么时候搬回家住”，但他磨不开面子。

尹朝朝也是，道歉的话酝酿了无数个版本，可话到嘴边，像是烫嘴一样，张不了口。

性格迥异的父女俩，从某个侧面来讲，有着同样的沉闷。

所以，三问三答过后，两人彻底没话聊了。

站在门口观望局势的姜家父子一对视，齐刷刷摇头，各有怒其不争的对象。

家长会下半场，刘仲讲话的主题转到新学期新展望方面。

在谈到老师和家长要相互配合督促学生学习这一话题上，有几位善于表达的家长积极发言表决心，令气氛轻松活跃起来。

好不容易熬到家长会结束，众人相继离席，尹朝朝刚刚想拎着书包开溜，谁知姜海突然说要请她和尹瀚生吃顿晚饭。

饭局安排在赫尔苏街上的一家饭馆里，包厢是半开放式格局，雕花木门悬着一扇酒红色的流苏帘子，里面干净敞亮。

一顿饭吃得七七八八，姜海撂下筷子，先看了眼闷头喝茶的尹瀚生，又看了眼东张西望明显不安的尹朝朝，干咳两声："我说你们父女俩，差不多行了啊，冷战还想持续个十年八年啊？赶紧和好得了。"

尹朝朝抿了抿嘴唇："我也没想冷战啊，谁让他那么凶，还动手……"

她说着看了尹瀚生一眼："当然啦，主要错在我。所以这次我先迈一步。"

她倒了杯茶，敬尹瀚生："爸，我跟您认个错，是我不对，以后不这样了。"接着话锋一转，活跃氛围，"要是下次您还打我，我可就真伤心了，一个亿都哄不好的那种。"

"没有下回了。"尹瀚生羞赧地叹了一声气，拍了拍尹朝朝的肩膀，"爸爸不该打你的，回家吧，行不行？"

尹朝朝笑了一下，轻轻地"嗯"了一声。

血浓于水的亲情，没有谁会真的去计较对错，吵过闹过，终究会和好。

从饭馆出来前，尹朝朝思忖着问尹瀚生一句："陈姨晚上还没吃饭吧，要不要给她带点饭菜回去？"

尹瀚生听了以后微微一怔，表情不知是惊喜还是欣慰来得多。

尹朝朝这孩子虽然平日里总是一副大大咧咧的样子，但她有自己的心事。家庭重组的这几年，她对陈秋燕的态度算不上冷漠，但也绝不亲热，

像今天这样为对方考虑的话，还是头一回说。

“爸，您能别一副受宠若惊的样子嘛。”尹朝朝有些不自在地别开视线，别别扭扭地说，“您闺女大了，多多少少也懂点事了。”

她做不到爱屋及乌，但至少不吝啬善意。

最终，尹瀚生在她的提议下，打包了一份清蒸鲫鱼、一盅冬瓜羊肉汤，还有二两米饭。

陈秋燕口味清淡，这两道是她为数不多喜好的菜。

然而，陈秋燕这天却没动筷子。

她只嗅了嗅，便捂着嘴往卫生间跑，立在马桶前狠狠地呕了起来。

心中仿佛有什么事情呼之欲出，尹朝朝看了一眼身边的尹瀚生：“爸，陈姨她不会是怀孕了吧？”

脑袋嗡了一下，尹瀚生听见自己激动的声音：“快，快去医院。”

医院里走了一遭，尹家惊获一个好消息——陈秋燕怀孕六周。

尹瀚生乐得像中了五百万彩票一样，在听到医生说陈秋燕身体不好要注重营养时，匆匆去商场买一大堆补品，将汽车后备厢塞得满满当当。

当尹朝朝这个生来就是被使唤的存在拎着七八个补品盒子上楼时，就看见先她一步进屋的老父亲捧着继母脸颊亲。

尹瀚生媳妇长媳妇短地说个不停，陈秋燕笑他傻气，尹瀚生也不反驳，说老来得子高兴着呢。

陈秋燕问他："你怎么知道会是儿子，万一是女儿呢？"

尹瀚生就答："女儿怎么了，女儿我也喜欢。"

恩爱，腻歪，简直没眼看。

尹朝朝将补品一股脑卸到茶几上，故意咳了两声："爸，陈姨，东西给你们放这儿，我回屋了啊。"

两道几乎重叠的声音："嗯。"

明显带着敷衍。

尹朝朝撇了撇嘴，自讨没趣地回了房间。

在那之前，她移步餐桌看了两眼无人问津的饭菜。

清蒸鲫鱼，三十八元一条，冬瓜羊肉汤，三十二元一盅，加上二两米饭，总共七十二块钱。

大脑的记忆存储条自动播放服务员结账时说的话，尹朝朝神经质又不失伤感地说："现在看来，我的境地也没比你们好到哪里去。鲫鱼兄、冬瓜兄、羊肉兄，与其看你们冷掉，不如来我肚子里桃园三结义吧。

尹朝朝这晚失眠了，吃撑的。

母亲何朝兰的跨国电话打来时，尹朝朝正四仰八叉地躺在床上做踢腿运动，看到来电显示的一瞬间，激动得差点没从床上滚下去。

何朝兰在一家外贸企业做行政高管，和尹瀚生离婚那年接受公司调动，去了新加坡分部。

在过去四年时间里，何朝兰只回来过两次，尹朝朝不知道有多想她。

所以，当尹朝朝听到何朝兰说她下个月便结束新加坡的外派工作回国时，笑得快要背过气去。

电话那头，何朝兰也笑：“傻女儿，你轻点笑啊，乐成这样，吵到你爸他们休息。”

尹朝朝一听这话，脸上的笑意顿时收敛，嘟囔一句：“有什么好吵到的呀，他们今天乐得比我还欢呢。”

不知是那边信号状况不好，总之何朝兰没听清：“女儿，你刚刚说什么？”

“没什么，我是说有什么好吵的，他们睡得比猪还沉！”尹朝朝一脚踢翻心底的醋坛子。

母女俩絮絮叨叨地聊了半个小时，等尹朝朝挂断这通电话，隔壁那屋的“亲爸后妈”组合已经从怀孕期间的饮食注意事项聊到给孩子起什么名字，再到将来送孩子去哪所小学读书了……

她耳朵灵，将对话听得一清二楚。

对于尹朝朝来说，尽管她平日没少被尹瀚生和陈秋燕的秀恩爱行为虐到，但她从未觉得，自己的存在有些多余。

而在这个有点不寻常的夜晚，她觉得心里好像有什么坚不可摧的东西逐渐破碎了，一种酸涩又苦闷的情绪被释放出来，迅速在她体内流窜。

她将那个东西称为希望——

父母复婚的最后一线希望。

在陈秋燕终于如愿以偿地拥有了一个属于她和尹瀚生的完整的家时，尹朝朝也彻底失去了她的“家”。

重组家庭的戏剧性往往就在此处。

当新生命到来之际，总是有人欢喜，有人辗转难安。

临睡前，尹朝朝翻开日记本，在尹氏青春伤痛语录那页，写下这两句话：窗外月华如练，十七岁的少女拉上窗帘，顾影自怜道：“今夜，我可真是个悲伤的哲学家。”

02

何朝兰回来的那天刚好是植树节，莫里一中延续历年的传统，组织学生们上午义务种树，下午放假。

母女俩太久没见了，一碰面有好多要聊的话。

两人找了一家日料店吃午饭，尹朝朝恨不得将眼睛长在何朝兰身上，落座之后还犯起傻气来：“妈，我不是在做梦吧。”

何朝兰给她倒了杯果汁：“不是，你妈妈我确实回来了，以后不离开你了。”

尹朝朝笑嘻嘻地一口喝掉半杯：“那就好，我太久没见您了，乐得快找不着北了。”

何朝兰心里有点酸，在过去分别的四年里，她何尝不想念尹朝朝呢？

但这个重逢的日子里，她不想让氛围变得伤感，于是就故意逗尹朝朝：“女儿，你知不知道，你现在看妈妈的眼神像什么？”

尹朝朝咽下一口三文鱼刺身，好奇地问：“像什么？”

何朝兰若有所思道：“就像我邻居家的 jomi，每当邻居下班回家时，它就是这个表情。”

“jomi 是？”

“哦，我邻居家的爱犬。”

爱犬？尹朝朝哭笑不得：“妈，有您这么比喻的吗？母女重逢的温情时刻去哪里了？”

说完，两人都笑了。

一顿风卷残云过后，母女俩才开始正式聊天。

两人聊着聊着，不知怎么就聊到赫尔苏街上的老街坊，再然后扯到尹瀚生身上。

尹朝朝刚刚想说春川爷爷去海南的事，就听何朝兰问她：“女儿，你爸爸他是不是又要有孩子了？”

云淡风轻的语气，像是随口一问。

尹朝朝却心头一震：“妈，您从哪儿知道的？”

话说出口，她便知道自己问得多余了。赫尔苏街一共就那么大点儿地方，邻里街坊住着谁家有点什么事都瞒不住。况且尹瀚生和陈秋燕根本就没想瞒，前两天还去对门双胞胎家取经了呢。

何朝兰笑着抿了一口茶：“回来路上，碰见个老街坊，闲聊了几句。”

她瞄着对方的脸色，试探着问：“妈，那您听了，介意不介意啊？”

“傻女儿，我有什么好介意的。我和你爸都离婚多久了呀，他再娶再生都正常。”何朝兰握住尹朝朝的手，“反倒是你，会不会难过啊？”

“说实话，是有一点的。”尹朝朝开诚布公地说。

一想到今后她不再是尹瀚生唯一的孩子，家里有个同父异母的弟弟或者妹妹，心里就有种说不出来的别扭。

何朝兰深深地看了尹朝朝一眼：“这样的话，妈妈给你办转学好不好？”

“啊？”尹朝朝冷不防被亲妈何女士跳跃的思路惊得语噎了。

大脑缓冲了一下，她不解地问：“妈，好端端的怎么聊到这儿了？”

“朝朝，妈妈是这样想的。”何朝兰拍了拍尹朝朝的手背，不疾不徐地向她解释，“你爸一年到头就挣那么点工资，家里房子还小，两室一厅，等再过几个月你陈姨孩子生下来住哪儿？总不能让他们仨挤一屋吧，那也不方便啊。再说了，你升高三了，课业也重，晚上回家时孩子哭了闹了多影响学习呀。妈妈在二中附近买了套小别墅，你过来住不正好吗？”

尹朝朝还是没听懂：“妈，我去您那儿住可以，那也没必要转学啊。我这高三关键时期，就别折腾了吧。”

何朝兰说：“正是因为高三是关键时期，我才想让你转过去。二中的文科师资力量比一中强，这是有目共睹的事实不是？”

尹朝朝点头：“那倒是，两所学校各有各的‘打法’，我们一中历年来都是重理轻文的。”

“妈妈有个大学同学正好在二中当年级主任，就带你们这一届，对方透露说眼下他们马上要成立文科精英班，学生考大学的目标直奔北大北师，那学习氛围不比你在一中好多了？”何朝兰似乎想起什么来，眼神幽怨地扫了尹朝朝一眼，“新学期你是不是还在十六班待着呢？不肯去文科实验班？”

尹朝朝诚挚地点头：“是的。”

莫里一中的班级组成采取滚动制，根据每学期的期末成绩排名决定学生们新学期的去向，文理科各设一个实验班，只有年级排名前五十的人才可以进去。

精英荟萃的地方，任课老师都是学校最优秀的，多少人削尖了脑袋都想挤进去。

尹朝朝却与常人不同。

高一至今，她经历了三次期末考。

每一次，她都毫无意外地以第一名的成绩考进文科实验班，然后毫无意外地拒绝搬出十六班。

因为在她心里，十六班是最好的班级。

那里有刀子嘴豆腐心的班主任，有亲切和善的同学，学习氛围也轻松自在。

当然，最重要的一点，有她的竹马少年。

尹朝朝有一说一："我高中入学时就在十六班，老师同学都熟悉，才不想走呢。再者说了，您女儿什么实力您不知道吗？我虽然人不在实验班，但成绩一直都是实验班的水准啊。"

何朝兰的表情变得很失落："女儿，妈妈只是想给你最好的条件，弥补这几年欠缺的母爱而已。"

尹朝朝听了以后心忽然一揪。

何朝兰目光殷切地望着她："女儿，妈妈不是想要勉强你做决定，你答应妈妈，再好好考虑一下，行不行？"

哀切又小心翼翼的口吻，一下子击中尹朝朝心中最柔软的部分。

她望着何朝兰殷切又怜惜的眼神，无法说出一个"不"字来。

她犹豫了一会儿，终究点头，说："那好，让我想想吧。"

尹朝朝揣着心事回到尹家。

尹瀚生正在厨房里笨拙地拿着锅铲炖鱼。

自从半个月前知道陈秋燕怀孕以后，他更加疼惜对方，主动揽下做饭的差事。

尹朝朝同他打了声招呼：“爸，我回来了。”

尹瀚生同她比了个噤声的手势：“小点声，你陈姨睡觉呢。”

墙上的挂钟指向五点一刻，尹朝朝自言自语：“这个时间点？睡的是美容觉，还是回笼觉？好像都不对吧。”

尹瀚生声音低低地呛她一句：“安胎觉，不行吗？”

“行，当然行。”尹朝朝在心底翻了个大白眼。

锅里的鱼慢慢收汁，尹瀚生把火调到最小，拿着一簸箕豆角坐到餐桌前。

他抬起眼皮看了尹朝朝一眼：“过来帮忙。”

尹朝朝无言乖乖坐过去。

豆角择到差不多的时候，尹朝朝犹豫着说：“爸，我有点事想跟您说。”

就在这时，里屋传来陈秋燕的呼唤声：“老公，我有点想吐了。”

“你先等会儿。”尹瀚生扔给尹朝朝一句话，便步履匆匆地往里屋跑。

陈秋燕最近害喜害得厉害，尹瀚生一听说对方想吃酸的东西，便屁颠屁颠跑到楼下小卖部买山楂糕。

等到山楂糕吃进嘴里，陈秋燕又说渴了，白开水不行，必须是甜的，特指某家饮料商生产的冰糖雪梨。

尹瀚生又风风火火地去小卖部一趟，冰糖雪梨一买买两箱。

尹朝朝脸黑如炭地旁观着。

想起陈奕迅的一句歌词，她内心忍不住自嘲：“还真是被偏爱的都有恃无恐啊。”

一番折腾下来，尹瀚生满头大汗地回到餐桌前，在尹朝朝对面坐下。

他气喘吁吁地问：“你刚刚……想跟我说什么？”

尹朝朝倒了杯水递过去：“您先喝一口吧。”

尹瀚生一饮而尽：“说吧。”

“我妈回来的事，您知道吗？”尹朝朝问。

“听说了。”

“我下午和她见面了，一块吃的饭。”

“哦。”

“我妈在二中那边买房了，想让我搬到她那里去住。”

“行啊。”

“我妈想让我转学。”

“行……”尹瀚生忽然反应过来，一脸惊讶地看着尹朝朝，“你说什么？转学？”

“是的呀，您没听错。”

尹朝朝把何朝兰跟自己说的话大致向尹瀚生讲述一遍。

她本以为以对方的性格会说譬如“眼看着就要高三了，这种紧要关头转什么学，简直是胡闹”之类的话，谁知道对方沉默了一会儿说：“你妈妈说得没错，二中的文科教学水平的确比一中高，你在十六班继续待下去，高考分数充其量在660到680分之间，但如果你转到二中精英班去，成绩一定还有上升的空间，说不定有机会突破700分，将来报考时有更多高校可以选择。”

“所以，您希望我转学吗？”

尹瀚生没有直接回答，而是先替她分析利弊：“转学有转学的好处，但也意味着你要重新面对一群新的老师和同学，会有一段磨合期，需要你自己调整心态慢慢去适应，在高二下学期这个时间点，显得不那么有利。当然如果你选择留在一中熟悉的环境里，就不必面临这种困扰。”

“道理我都懂，可我不知道怎么去选择啊？”

“顺着你自己的心思来，爸爸尊重你的选择。”

尹朝朝苦闷地垂下头，二选一的选择题，向来是她的软肋。

尹瀚生摸了摸她的头，叫她别皱眉头，洗洗手准备吃饭。

卫生间水龙头里喷出的水流比较凉，尹朝朝洗完手之后又胡乱地搓了两把脸，自我暗示道：“不想了不想了，吃饭。”

问题暂且被丢到一边。

吃过晚饭后，尹朝朝便回了房间，打算认真思考一下转学这件事。

不一会儿，尹瀚生敲门进来，说有东西要给她，要她过去旁边卧室一下。

“给我？什么东西啊？”尹朝朝好奇地跟过去瞧。

卧室门正对着一张双人床，靠近门口的那侧摆着一张胡桃色床头柜，三层式的，前两层是抽屉，第三层是双开门小柜子，打开以后是个迷你保险箱，里面放着尹家所有的家当。

一番翻找过后，尹瀚生拿出一张银行卡：“这卡里面有两万块钱。”

“老尹同志，看不出来啊，您这私房钱攒得够多啊。”尹朝朝在一旁贼笑。

陈秋燕这会儿工夫和对门邻居家的儿媳妇一块散步去了，她自打怀孕以后性格变了不少，从前大门不出二门不迈的人渐渐向左邻右舍敞开心扉，也有了自己的社交圈。现下屋里只剩尹家父女二人。

尹瀚生闻言偏头看她，眼神有些复杂：“不是私房钱，是我光明正大攒给你的。”

“攒给我的？”尹朝朝不可思议地眨眼。

尹瀚生坐到身后床边上，忽然抛给她一个问题：“朝朝啊，你觉得我再婚对象为什么选择你陈姨啊？”

“温柔，乖巧，会撒娇。”尹朝朝郑重其事地回答问题，“陈姨身上具备吸引异性的三大优点，哪会有男人不喜欢啊？”

“不是那样的。”尹瀚生摇了摇头，眸光变得深远起来。

片刻的沉默过后，他才继续道：“是因为她不干涉我的财政。”

尹瀚生说：“虽然说我和你妈妈的婚姻无法维系下去了，但你始终是我尹瀚生的女儿，无论我是否再婚，是否再有小孩子，都不影响你在我心中的地位。”

他把银行卡递给尹朝朝：“你想搬去你妈妈那儿住，爸爸没意见，这些年她一个人在国外打拼挺孤单的，你过去陪陪她也好。你不在家里住了没关系，咱爷俩在学校还能常见面。但是你如果转学到二中的话，我这边学校家里两头忙，平日就不能常去看你了。这卡里的钱，你就当作生活费吧，不够了再打电话找爸爸要……”

父爱如山，爱得深沉而内敛。

直到这一刻，尹朝朝才彻底明白这句话的含义。

尹瀚生不是那种会嘘寒问暖的父亲，他不娇惯孩子，从小就培养她凡事要亲力亲为。但不代表他没有感性的一面，他只是不善于表达，好多话攒在肚子里不说而已。

但她觉得自己不能再听下去，再听下去都要哭了。

她红着眼打断对方的话：“老尹同志，您这是干什么呀，好端端的煽情做什么？”

尹瀚生恍然大悟似的“啊”了一声：“谁知道呢？确实不符合我的性格。”

“您还知道啊。”感伤了一瞬，尹朝朝又恢复笑脸，“老尹同志，我回屋啦。”

说着，她伸手要去拍对方脑袋。

尹瀚生眼疾手快，将她的手打到一边：“去去去，没大没小的。”

尹朝朝扮了个鬼脸，乐颠颠地回自己房间去了。

房门一关，她脸上的雀跃又被忧愁取代了。

大脑中有两个小人儿在吵架。

一个在说：“尹朝朝，你就只搬过去住好啦，不要转学啊。你看老尹同志今天一反常态地跟你说了那么多真心话，还把银行卡给你了，就说明他心里是舍不得的呀。”

尹朝朝觉得这话有道理，尹瀚生虽然没明说不希望她转学，但话里话外就是这个意思。

这时另一个反对的声音跳出来：“为什么不转学啊，你转过去学习成绩会更上一层楼的！尹朝朝，你再想一想，那天何朝兰女士是怎么跟你说的，你不想看到她伤心吧。”

尹朝朝闭上眼，脑海中浮现饭桌上何朝兰黯然无神的样子，可怜巴巴的，仿佛很害怕她会拒绝。

两个小人儿越吵越凶，吵得尹朝朝偏头疼。

纠结、犹豫、不知道如何选择……

她上次面临这种情况的时候，还是四年前，何朝兰同尹瀚生离婚，问她今后想跟哪一方生活？

这个问题的难易度相当于有人问“你喜欢爸爸还是妈妈，只能选择一个哟”？

当时是尹瀚生帮她做的选择。

尹瀚生跟何朝兰说：“孩子的抚养权我可以给你，但是你一个人去国外工作本来就不容易，再带个孩子会很艰难，不如让朝朝在莫里念完高中吧。更何况她接受了这么多年中式教育，冷不丁去国外，孩子会吃不消的。”

到底是和平分手的两个人，相互之间没有老死不相往来的怨怼。

何朝兰知道尹瀚生是在为自己考虑，便同意了对方的提议。

时至今日，一切如同历史重演。

唯一不同的是，这次需要尹朝朝自己来选择了。

意识到这一点的时候，她在床上焦躁地翻了几下。现实啊，为什么要让人左右为难呢！

03

心里揣着事情的时候，人就容易犯错。

第二天一早语文课上，尹朝朝因为注意力频频溜号被刘仲赶去走廊罚站。

走廊的窗户开着，阳春三月的微风灌进来，不算太冷，反而提神。

她刚刚找到一个绝佳的位置站着，班门便开了。

同桌少年威风凛凛地走了出来。

一前一后被撵出来，时间相差不到两分钟。

尹朝朝难免会惊讶，问他："姜周易，你又是怎么回事啊？"

姜周易自然而然地站到她身边："刘仲提问，没答上来。"

尹朝朝啧了一声："刘仲不是认为你无药可救了，再也不会提问了吗？"

姜周易上课爱睡觉，刘仲起初还管束几回，最近完全放弃了，面对一个学渣和睡神的结合体，他能要求什么？在课堂上睡就睡吧，没打扰别人就谢天谢地了。

姜周易一本正经地说："或许，他觉得我还可以抢救一下呢？"

尹朝朝露出一副"你说得都对"的表情，顺着少年的话往下说："然后，你用实际行动证明你抢救不了？"

姜周易点头，表示默认。

他没告诉尹朝朝，他何止是抢救不了啊，他都快把刘仲气死了。

这事解释起来挺简单的。

刘仲今天在课上讲的是前天布置的文言文专项题，篇幅比较长。他讲题之前总要通篇翻译一遍，让大家标注出古文高频词做积累。早上第一节课，大家都困恹恹的，所以他便让同学站起来翻译。尹朝朝因为溜号太明显，首当其冲地被轰出教室。之后，教室就沉寂下来。刘仲要另找他人翻译，这时候姜周易自告奋勇举手了。

少年胸有成竹地站起来，那神态过于自信，给人一种上知天文下知地理的感觉，一开口却是：“老师，我不会。不劳您点名了，我主动去外面罚站。”

刘仲被气得身子一趔趄。

没等对方发飙，他堂堂正正地走出了班级，全然不顾一众目瞪口呆的同窗。

坦白点讲，他也知道自己这样做挺欠揍的。

可是没办法，他一见到尹朝朝心不在焉的样子就不由自主地跟着分心。

这会儿走廊里没什么人，他单刀直入：“尹朝朝，你今天怎么回事，居然上课走神了，难不成有心事啊？”

“果然什么都瞒不住你。”尹朝朝比画了一个夸张的大圆圈，“心事有这么多。”

姜周易给了她一个眼神——少卖关子。

于是，尹朝朝便事无巨细地跟他讲了一遍。

她心里像是有一团乱糟糟的毛线，揪不开扯不断，想到哪儿就说到哪儿，怕少年听糊涂了，又怕他听烦了，最后还特意挑出个重点来：“其实住哪儿都好说，就是我妈想让我转学这个事挺头疼的。姜周易，你帮我拿个主意好不好？”

天边一片蔚蓝色，几簇洁白的云团以肉眼无法窥见的速度慢慢浮动着，少年将视线投过去，看似陷入神游的状态，却默默地一字不落地将她的话听完。

他偏过头，盯着对方清澈的眼睛，诚心正意：“不要走。”

他说：“尹朝朝，留在我身边。”

简单的两句话，直白得不能再直白。

尹朝朝听得脸颊发烫。

这一瞬的心情很奇妙，忐忑又喜悦，像是突然间被人灌了一勺蜜糖。

周围很安静，她红着脸，声音轻轻地答应他：“好。”

这天放学以后，两人一块去往何朝兰的小别墅。

在是否转学这一问题上，尽管尹朝朝的心底已经有了一个倾向性的答案，但是她欠缺对何朝兰讲述的勇气。

而姜周易的陪同恰好弥补了那部分欠缺。

他明白她的犹豫不决，是因为不想令父母之中的任何一方感到失落。

从校门出来的时候，他拦了一辆出租车，上车之前，他告诉她：“别紧张，有我在。”

等到抵达小别墅门前时，他又对她说：“一切交给我。”

多年以后，当尹朝朝回忆起他们成长的漫漫时光时，姜周易总是有这样的本领，短短几句话，便让她心中那艘名为“忐忑”的小船永远搁浅。

看着面前的门，尹朝朝点了点头，摁响门铃。

不过五六秒钟，何朝兰开门相迎。在看到尹朝朝身后的高个子男生时，她愣怔了一下，旋即笑着开口：“是小周易吧？都长这么高啦？”

“何阿姨，好久不见。”姜周易微微点头，面带微笑的样子宛如谦谦君子。

何朝兰说：“时间过得可真快啊，我记得刚离开赫尔苏街那年，你的个子才到你爸爸肩膀，现在都长成大小伙子了呀。不过模样倒是没怎么变，还跟小时候一样好看。”

“何阿姨，您过奖了。我哪里还能比得上小时候，模样都长残了不少。反倒是您，越来越年轻了。”

眼见着两人聊得热火朝天，尹朝朝打断又要开口讲话的何朝兰：“妈，差不多行了，您闺女也在这儿呢，好歹看我一眼啊。”

何朝兰这才反应过来，冲二人道：“光顾着说话了，你们俩快进屋吧。”

正是吃晚饭时间，尹朝朝捂着干瘪的肚子进了屋，饥饿感驱使她往饭桌前跑。

桌上干干净净的，什么都没有，厨房也没有半点开过火的迹象。

她脑筋一转，扭头问何朝兰："妈，今晚是要出去吃吗？"

何朝兰点了一下头，对姜周易说："周易啊，给你爸打个电话告诉他一声，说晚饭不在家吃了，阿姨带你俩下馆子去。"

"行，我这就打。"姜周易说。

他和尹朝朝青梅竹马那么多年，双方家长都拿对方孩子当作自家亲生的，蹭吃蹭住是常有的事，根本就没有"忸怩"一词可言。

何朝兰说："现在想一想，阿姨有好几年没跟我们周易一块吃饭了，也不知道你的喜好变没变，我记得以前啊，你最喜喝鸡蛋羹，一天三顿都不腻。"

"现在还是一样的。"冰箱冷藏室里放着一大堆雪桃，尹朝朝挑了一大一小去洗，洗完以后大的递给姜周易，自己啃了一口小的，边嚼边抢话。

何朝兰点了点尹朝朝的额头："你呀你，吃桃子都不忘掺和一声。"

尹朝朝自豪地扬了扬下巴："吃桃说话两不误嘛。"

姜周易在一旁笑着没说话，思绪不知不觉间飘到很久以前。

他想起母亲周怡离世的那个夏天。

那是2009年，他在莫里市实验小学读小学，母亲周怡是学校对面实验中学的历史老师。

那时候，小学放学比中学早半个小时，姜周易每天放学后都会去中学门卫室等周怡下班。

门卫大叔是个会弹吉他的大龄文艺男青年，曲子一弹便停不下来。

姜周易数着七八首的样子，周怡便会拎着手提包出现在他视线中，笑着同他招手，说一声，“儿子，回家了。”

但是那天，姜周易没能等来那一道熟悉的声音。

周怡突发心脏病，倒在她无数次踱步的讲台上，再也没有醒过来。

那是姜周易记忆中最为黯淡无光的一段日子。

父亲姜海像是被人抽走灵魂一般，一夜间苍老了许多，也颓废得厉害。

他把自己锁在维修铺里，胡子不刮，衣服懒得洗，只是在不遗余力地折磨自己——每逢月上三更便爬起来修家电、拖地、洗碗、甚至把家里最大的拼图相册一遍又一遍拆开重组，之后对着漆黑的房间发呆，静坐到天亮。

那段时间，姜周易被何朝兰接来尹家暂住。

小少年一下子失去母亲，像丢了大半条命一样，饭也不吃，觉也不睡，旁人聊天时他就在旁边静静地坐着，脸上没有一点表情，却总是因为被某句话触动到频频流泪。

这样的情况持续了好长一段时间，直到有一次，何朝兰做了一碗鸡蛋羹端到他面前。

姜周易吃着吃着笑了，笑得眼泪成串往下掉。

他哽咽着说：“阿姨，您做的鸡蛋羹跟我妈妈做的味道一模一样，明天也给周易做一碗好不好？”

何朝兰摸了摸姜周易的发顶，红着眼眶说好。

那以后，只要姜周易来尹家做客，他的面前必定摆着一大碗热气腾腾的鸡蛋羹。

这天晚上，亦是如此。

何朝兰带着两个孩子去了自己朋友经营的一家小饭馆。

在尹朝朝拽着姜周易琢磨点什么菜的时候，何朝兰同朋友打了声招呼，借厨房一用。

片刻后，她做了一碗鸡蛋羹，端到姜周易面前："阿姨好久没做这道菜了，也不知道手艺退化了没有，周易啊，快尝尝吧。"

姜周易一下子红了眼眶："谢谢阿姨。"

他立即舀了一勺，顾不上烫地送进嘴里，之后露出一个明朗的笑容来："味道一点都没变，跟记忆中的一模一样。"

他看着何朝兰，她的眉眼和周怡逐渐重合。

诚然，这不过是一种转瞬即逝的错觉，但对姜周易来说，已经足够了。

至少在那一刹，那种暌违已久的温暖又重新回到他身边。

等到所有菜上齐之后，何朝兰一边给尹朝朝盛山药排骨汤，一边问她："妈妈上次跟你说的事情，你考虑得怎么样了？"

该来的总会来，尹朝朝自知逃不过这一环节，老实说道："妈，我正打算搬到您那儿去住，不过……”她看了姜周易一眼，见对方同她点头，心里稍稍有些底气，“我决定，不转学了。”

何朝兰盛汤的动作忽然停滞下来，语气听起来遗憾又失落：“怎么就不转学了呢？”

尹朝朝尬笑，捂着肚子：“妈，一会儿回来说，我先去趟厕所。”从姜周易的位置路过时，她朝对方挤了挤眼，做口型：靠你了。

姜周易微微点了一下头，表示接受到求助信号。

尹朝朝前脚刚出包厢，何朝兰的声音后脚便又响了起来。

不过，这一次她的声音很低很轻，外面的人根本听不见。

何朝兰悄悄地对姜周易说：“小周易，你待会儿帮我劝劝朝朝吧，二中那边学习条件那么好，她不转过去多可惜呀。”

姜周易笑着摇了摇头，欲言又止：“阿姨，您说别的事我都能帮着劝一劝，但抱歉，这次我站在尹朝朝这边。”

何朝兰似乎没料到姜周易会这样说，表情先是错愕了一下，随后被愧疚取代：“小周易，你不明白，阿姨出国在外这几年，一想到朝朝这孩子我这心里就愧疚。我那时没能陪着她一块长大，如今就想着无论什么东西都想把最好的呈现给她，也算是我的一份补偿吧。”

“阿姨，我明白您的心意。可是在与您分别的这几年里，朝朝虽说常有想念您的时候，但即便如此，她都有健康快乐地长大，并且她从来都不觉得自己有缺失什么，所以您也不用补偿什么。”姜周易说。

他起身给何朝兰的杯子里倒满茶：“阿姨，朝朝向来自由自在惯了，十六班的氛围轻松她学习起来也有乐趣，二中那边高手云集，尽管我相信朝朝过去一定也能名列前茅，但在那种连课间上厕所都要赶在三分钟内解决回班刷题的紧张氛围里，我想她的高三是不会快乐的。”

何朝兰叹了一口气：“小周易，阿姨也不怕与你说实话，我多少担心朝朝这孩子会跟我疏远了。你尹叔叔后娶的那位妻子我见过一面，比我贤惠多了。”

话说到这儿，姜周易便懂了。

他一下子明白何朝兰心中的顾虑所在，不等对方挑明，他便出言安慰：“阿姨，我知道您心有担忧，担心这几年的分离会使得朝朝与您疏远，担心她在与陈阿姨日复一日的相处中走得近。但我想说亲人的地位是不会被取代的，更何况尹朝朝不是那样的孩子。她有努力地去接纳陈阿姨，是出于她对尹叔叔的爱。至于对您，她该是如何便还是如何，这是对您的爱，两者一点都不冲突。”

十七八岁的少年还不曾成家立业，思想却早已成熟得与成年人无二。他看得通透，三言两语便令何朝兰拨开云雾，放下介怀的心。

“我们周易真的是长大了，也成熟稳重许多，今天何阿姨听了你的一番话，真是自愧不如，一把年纪了还纠结这个。也罢，朝朝想怎么样啊，就都随着她吧。”何朝兰喝了一口热茶，冲姜周易欣慰地笑了笑，“小周易，阿姨真的很感谢你能一直陪在我们朝朝身边，我也好，她爸爸也好，我们都是不善于表达的父母，很多时候不知道怎么去走进小孩子的内心世界。但是你不一样，你们从小一起长大，你比我们更了解她。”

姜周易听了怪不好意思的，连连摆手：“阿姨，您别这么说。说到了解，我了解尹朝朝的还没有她了解我的一半多呢。”

这话怎么听怎么有点小粉红的气息，何朝兰露出八卦的目光，说：“像你们这个年纪啊，正是好时候，两人青梅竹马一起长大，是多少人都羡慕不来的情谊呢。”她一眼瞄到姜周易羞赧垂头抠手指的小动作，心中像是有了一块明镜照着，她大胆地说：“小周易啊，何阿姨有个事一直没跟你说。你恐怕还不知道吧，你妈妈在世的时候可是跟我做了约定的。”

“什……什么约定？”姜周易蓦地抬头，心底陡然生出莫名其妙的紧张感。

“妈，姜周易，你们俩聊什么呢？聊得这么热闹？”尹朝朝这时回到包厢里，何朝兰的说话声骤然停止。

“没什么，随便说些有的没的。”何朝兰打马虎眼道，“快回来吃饭，菜都要凉了。”

尹朝朝点了点头，再次从她的竹马小少年身边经过时，注意力被对方明显泛红的双颊吸引过去。

少年皮肤白，脸颊上的两团红晕像是被水墨洇染开的牡丹花瓣儿，从颧骨一直蔓延到耳根，呈现一种朦胧又带着美感的淡粉色。

她好奇："姜周易，你的脸怎么这么红啊？"

"热的。"

"热，热吗？"尹朝朝怀疑地眨了眨眼。

包厢里冷风开得很足，她一身鸡皮疙瘩都快要吹起来了，姜家大佬居然还嚷着热？男孩子和女孩子的差距有这么大吗？

她抬手摸了一下姜周易的额头，嗯，没发烧。

再瞄一眼对方顺着脸颊流淌下的汗珠，嗯，这人的确很热。

于是，她回座以后的第一件事便是将搭在椅背上的校服上衣穿起来。

拉上拉链之后，她心一横，把空调调低两度。

04

傍晚时分，残阳如血，两人一块回到赫尔苏街上。

长街热闹，飘着饭菜香，尹朝朝带着一身的烟火气回到尹家。

她要搬去何朝兰那里住，常穿的常用的自然要带过去。

她还要告诉尹瀚生自己不转学了，要他把银行卡赶快收回去。

她活了十七年，兜里从来没揣过这么多钱，尽管不是现金，但抱歉，她这人在金钱上挺㞞的，上街时兜里超过五百块钱就会提心吊胆，生怕被人偷了或者丢了。

所以，进家门以后她做的第一件事便是像扔烫手山芋一样把银行卡还回尹瀚生手里：“老尹同志，我不转学了，这两万块钱还您，我拿着它都睡不好觉了。”

“这才多少钱呀，看你那没出息的样儿。”尹瀚生哭笑不得地揶揄她一句，大脑迟缓地捕捉到她前半句的重点信息，“你说什么，不转学啦？”

茶几上放了一壶水果茶，苹果、柠檬、西瓜三种水果混合的，酸酸甜甜的。

尹朝朝给自己倒了一杯：“对呀，不转学啦，不过从今天起我要搬去何女士那儿住。”

小小地抿上一口茶，她又说：“所以，恭喜老尹同志，今天以后直到家里新成员诞生，您成功解锁二人世界。”

“去去去，没个正形。”尹瀚生嘴上嫌弃，心里还挺乐和的。这丫头去哪儿住都无所谓，不转学就行，能让他在学校里常见到就行。

尹朝朝哈哈笑：“那我去收拾衣服啦。”

衣柜里的衣服不多，尹朝朝只把当季的几身行头整理出来，其余的现穿现回来取。

尽管尹瀚生嘴上不说，但尹朝朝知道，如果她把自己的东西全部拾掇走，老父亲心里会不舒服，没准还会酸唧唧地问她一句：“收拾得这么干净，你以后不回来啦？”

她当然不会不回来，也不可能会给尹瀚生这样问的机会。

她觉得老父亲感性的一面，还是少见几次比较好。

一是因为泪点低，二是因为哭完以后第二天醒来丑得不像话。

半个小时后，行李打包完毕。

她从房间出来，将自己的小说箱子呈到尹瀚生面前："爸，您说得对，高中是非常时期，我的确应该严肃对待。在我上大学之前，这一箱子小说就交给您保管啦。"

尹瀚生讶异地看了看她，张了张嘴，不知道该说什么。

尹朝朝失笑："爸，您不至于吧，一见女儿'金盆洗手'，惊讶得连话都说不出来了？"

尹瀚生装凶："呸呸呸，什么'金盆洗手'啊，别给自己乱用词。"

他走到尹朝朝跟前，意味深长地说："你今天能主动把这箱子交到我这儿，说明自己真的想开了。我其实不是反对你写小说，我只是怕你以后回想起来高中的时光，无论学习也好，爱好也罢，没有任何一方面是全身心投入进去的。

"当下你的身份是高中生，高考便是唯一的目标，我希望你能够用尽全力好好拼搏一回。至于写小说，放到大学吧，到那时我给你买电脑，买书桌，让你有个好的创作环境。"

又是掏心掏肺的一番话。

尹朝朝又想笑又想哭："老尹同志，您怎么回事，最近话变多了呀，倒是有些知心大人的样子。”

“知心大人？”尹瀚生觉得这称呼好奇怪。

他问尹朝朝：“那依你看，我以前是什么大人？”

尹朝朝咧了咧嘴角，挤出一个双下巴，嗓音沉沉：“以前啊……”

她摇了摇头，有点小狡猾：“我不说，说了会挨打，我又不傻。”

兜里的手机铃声响起时，尹朝朝第一反应是：时候不早了，该回何朝兰那儿去了。

尹瀚生说：“我开车送你回去。”

尹朝朝笑嘻嘻摇头：“不用啦，您在家陪陈姨吧。”

尹瀚生说：“那怎么行，这天都黑了，我这儿离你妈妈的住处横跨大半个市区呢。”

尹朝朝把手机屏幕亮给尹瀚生看。

来电人姓名显示的是“姜周易”三个大字。

尹瀚生这下不再坚持了：“那你回去路上注意安全。”

尹朝朝点头，迅速按下接听键，一边说话，一边拎着行李箱往玄关走：“姜周易，你在楼下等我一下，我已经往下跑啦。”

脸颊不小心压到免提键，少年担忧又嫌弃的声音被无限放大。

“尹朝朝，你是不是傻啊？当自己是百米冲刺冠军吗？慢慢往下走，我不催你。”

尹朝朝回头看了尹瀚生一眼，两人脸上都挂着一丝尬笑。

“老尹同志，我走啦！”尹朝朝说完，开门溜了。

门关上的那一刻，尹瀚生嘀咕一句：“这个姜周易啊，敢这么说我女儿呢……”

语气中充斥着怨念。

他像是难以置信一般把这句话重复了两遍，而后，却欣慰地笑了一下。

不知道从什么时候起，尹瀚生这个做老父亲的人，发现他女儿每天围着转的傲娇小少年长大了。

小少年成长得还不赖。

成了他可以信任的孩子。

更成了于尹朝朝而言护身符一般的存在。

尹瀚生望着窗外暗淡下去的天空，内心一片祥和。

05

隔天第一节课照旧是语文。

为了洗刷昨天留给刘仲的不良印象，尹朝朝频频举手发言。没了忧心事，她现在心情特别舒畅，学习的热情更是一路飙升到顶峰。

日后十六班众人回想起高中上过的课记忆大多模糊，唯独对这节语文课记忆犹新。

记忆犹新的原因是学神尹朝朝太亢奋了。

亢奋到什么程度呢？

和电视剧《武林外传》里因为吃人参补过了头而疯狂暴走追赶朝阳的佟湘玉不相上下。

当然，话说回来，众人这一天还是很感谢尹朝朝的。

多亏她一人包揽下刘仲所有的提问，六十几名吃瓜群众开小差开得明目张胆。

尹朝朝本人对自己的表现也很满意。

哪承想，下课铃响，刘仲从讲台上下来，指着她忽然来了一句：“尹朝朝，你跟我过来一趟。”

“老师，您……您找我什么事啊？”依旧是熟悉的办公室里，尹朝朝提心吊胆地问。

刘仲刚坐回自己的办公位，抬眼一看，尹朝朝不动声色地后蹿了一大步，不知道情况的人见了，还以为是隔壁组的老师找她谈话呢。

刘仲气笑了：“尹朝朝，我又不能吃了你，你站这么远干什么，赶紧过来，我有好东西要给你。”

“好东西？给我的？”尹朝朝迟疑了一下，最终凑到刘仲跟前。

刘仲从抽屉里取出一个纸袋子，递给她：“上学期你不是参加咱们市举办的青少年作文大赛了嘛，主办方将证书邮寄来了，全市唯一一个一等奖，你拿到了。”

尹朝朝长舒一口气：“老师，您怎么不早说啊，我还以为您因为昨天我溜号的事要惩罚我呢。”

“我是那么爱计较的人吗？”刘仲撑着额头，“我知道你今天上课那么积极是想弥补一下昨天溜号的过错，所以我由着你来了。我是你班主任，很多时候睁一只眼闭一只眼，但在其他任课老师面前，你可不许胡来啊，好好听课，课堂上不许有情绪。”

好在只是虚惊一场，尹朝朝拎着小袋子步伐轻快地回到班上。

这学期课业加重，课间的时候班里玩耍打闹的身影日渐减少，所有人都心照不宣地努力着，或是背书，或是做题，学习氛围因为高考的日渐逼近而变得浓厚起来。

这是天大的好事。

尹朝朝看在眼里，心中也欣慰。

唯独有一点她没想到的是，在那一众闷头学习的小脑瓜之中，也包括她的同桌少年。

“转学风波”过后，姜周易像是变了个人一样，上课不再打盹，会努力听课，老师布置的作业也自己做，连一向当作摆设的空书包也渐渐被书本和卷子填满。

这天英语课后，他更是破天荒地对她说：“尹朝朝，把你英语笔记借我抄一下。”

尹朝朝当时正在喝水，差点没一口水全喷到前桌后脑勺上：“抄笔记？您……您有笔记吗？”

“从前没有，不过马上就有了。”姜周易从书包里翻出一个笔记本，崭新的，看上去有一枚硬币那么厚。

俗话说得好，苦海无涯回头是岸。

虽说尹朝朝不清楚姜周易是被什么契机触动到了，从而决定加入学习大军的，但竹马少年想要逆袭这件事她是一万个支持的。

她把笔记本递过去，对方接过以后大致翻了一遍：“练了一学期的字，总算有点长进。”

尹朝朝听出来对方是在夸自己，有些得意：“是吧，我也觉得我进步一点啦。”

姜周易像是被人绑架了似的违心地说：“岂止是进步一点，进步非常大。”

然后，他便开始埋头抄笔记。

尹朝朝反正也是无聊，就支起下巴在一旁看着，少年字迹工整隽秀，看得人赏心悦目。

偶尔碰到辨识不清的单词，他笔尖一顿，尹朝朝便立即探头过去解释。

少年写一行念一行，念一行背一行，那专注的神态尹朝朝只觉得似曾相识，在脑海中稍稍回想一番，可不就是和维修家电时一模一样嘛。

欣慰、惊诧、好奇心快要爆炸，尹朝朝终于忍不住问：“姜周易，你到底是怎么回事啊？怎么突然间就变成‘好好学习，天天向上’的样子了呢？”

她总是有奇奇怪怪的脑洞时刻：“难不成我昨天晚上睡觉跌进了时空隧道，在那里停留了好多天，一觉醒来以后看似是第二天，但其实我中间错过了很多重要时刻，譬如你痛定思痛决心做好功课？”

少年奋笔疾书的动作放缓，视线从本子上移开落到尹朝朝脸上，有些好笑地问她：“尹朝朝，你听听你自己说的是人话吗？是外星语吧！”

尹朝朝不以为意：“那不然嘞，你怎么解释？”

头顶的风扇吱吱嘎嘎地转动着，周围是窸窸窣窣的翻书声。

姜周易认真地想了想，然后笑着说：“为了让你不后悔没有转学这件事，我得成为更好的人才行。”

少年轻描淡写的语气中揣着一颗决心。

心里想着：“我一直都不要求自己必须要成为优秀的人，我觉得平庸一点也无所谓，但就是得知你要转学的时候，我心里是害怕你要走的，我知道这有点小题大做，毕竟一中和二中就在一座城市里而已。但在那一瞬我想到了高考，到那时我如果再对你说‘留在我身边’就是自私的行为了吧。所以啊，我要开始努力才行。”

他顿了顿，一本正经地说：“尹朝朝，我想要好好学习了，你帮帮我吧。”

“好啊！”尹朝朝轻轻地说，眼睛里不断有笑意跑出来，海誓山盟一般的语气，“是你说要好好学习的，说话要算数。”

“君子一言，驷马难追。”

二人学习小组自此成立。

学渣少年的翻身仗不好打。

尹朝朝认真琢磨了一个晚上，辅导方案洋洋洒洒写了三页纸，最后浓缩出一套“学习风暴计划”。

内容简单来说是这样的：每天利用晚自习的两个小时做辅导，辅导的内容围绕当天各科老师讲的知识点展开，易错的、高频的、送分的，第一时间查漏补缺。

第二天在班里碰面，尹朝朝第一时间就把想法和对方说了。

她是真的希望她的小少年能够把成绩提升上来，那种雀跃又殷切的眼神在姜周易看来就像黑夜的火炬一样，轻而易举地将他的斗志点燃。

于是，他毫不迟疑地点头：“好。”

两人一拍即合。

姜周易脑子聪慧，从前一门心思想赚钱，有意疏于学业，如今对学习上起心来，很多问题“一点就通”。

“学习风暴计划”执行了两三个月，他的成绩进步飞快，排名更是稳坐火箭一般上蹿，不但摆脱了班里倒数第一的“头衔”，还顺利步入年级排名中上游。

高二下学期第三次月考，直接冲进年级前五十名，在十六班内一鸣惊人。

成绩单下达那天，可把刘仲高兴坏了。

语文课临下课十分钟时，他忽然说要把时间交给姜周易，请对方上讲台跟同学们分享一下提高成绩的秘诀。

突如其来的发言邀约像极了六月说降就降的暴雨。

尹朝朝听得头皮一麻，这种场合怎么和“逢年过节当亲戚围坐在一桌时自己被长辈点名说祝酒词”一样尴尬呢？

不只是她，在座的同学都开始面面相觑，心底不约而同地猜测班长大人会做何反应。

姜周易只是怔了一下，便毫不忸怩地走上讲台：“既然班主任给了我这十分钟，我总不好意思拒绝是吧。说到提升成绩的秘诀，我认为这是个老生常谈的问题，除了静下心来按部就班地学习，没什么好办法。当然啦，学渣班长忽然逆袭这件事是挺让大家惊讶又好奇的，我呢，也总结不出什么金科玉律来，大家有什么问题都可以问我，没有问题也可以随便聊聊各个科目是怎么学的，你们班长被请到讲台上一次也不容易，大家都给点面子。”

几句幽默风趣的开场白，一下子就将气氛活跃起来。

有人盯着成绩单上姜周易那栏看了两眼，被“数学”那栏的数字惊到：“班长，你能跟我们说说数学是怎么提升的吗？130分哇！太厉害了吧！”

姜周易入学之初摸底考的数学成绩是十八分，单科排名全校倒数第一，刘仲有好几次在气头上就喊他“姜十八”，这事大家都记得。

姜周易认真琢磨了一下，条理清晰地说：“数学的话，我是分三步来的——第一步背公式记例题；第二步买套练习册将里面所有的题目吃透，一遍不行做两遍，两遍不行做三遍，这时候不要着急刷题，一定要清楚自己的盲点、易错点在哪里；第三步刷题环节，不要盲目去刷题，要有侧重点地去攻克自己不会的知识点，每攻克掉一个难点时先别高兴，要试试自己会不会举一反三。三步都完成得差不多以后，就要去锻炼自己了解出题人意图的能力，扫一眼题目知道哪里打了马虎眼或者哪里是解题关键，这一点我还在摸索当中。”

第二个提问的是曲乾：“老大，政、史、地呢？救救孩子吧，背不下来啊！”

文综那三科是一个厚积薄发的过程，要记忆的东西太多，不像数学有一定技巧可言。

在曲乾看来，自家老大能在短时间内把分数从一百四五提升到二百一，只有两种可能——

其一是玄学上说的逆天改命，其二则是这人一直深藏不露。

联想到对方的物理天赋，他觉得后者的可能性更大。

姜周易酝酿着道："政、史、地三科就是一个背教材，不过书本太多，知识太杂，要有技巧地去背。我自己琢磨的方法是，长句变短句，短句记住动词。譬如政治书里常常会出一种题谈作用意义，那肯定就有促进了、提高了、改善了之类的词，先背动词个数，接着去记后面搭配的名词。就比如说提高生活水平、改善生活质量之类的，慢慢培养出语感，记东西就快了。"

姜周易回答得认真，逻辑在线的同时也通俗易懂，两个环节的小互动吸粉不少，原先大部分抱着看热闹心态的人也积极踊跃地举手发言。

十分钟的经验分享不知不觉走向尾声。

姜周易做总结："大家别听我今天有模有样地说了这么多话，其实作用都不大，成绩之所以能迅猛提升，是因为……"说到这儿的时候，他将日光投向最后一排保持小学生坐姿的尹朝朝，视线相接之际，对方朝他竖起大拇指，他回了一个明朗的笑，接着说，"是因为尹朝朝同学，我的学神同桌，多亏她一手提携。"

此言一出，底下一阵暧昧的起哄声。

起哄不过三秒，下课铃及时响起，后者将前者轻松盖过。

姜周易朝台下一鞠躬，再抬头时眼前什么东西忽然一晃。

一个泥鳅似的身影飞速蹿到最后一排，将他的位置占领，黑皮肤，小方脸，一脸殷勤样。

不是曲乾还能是谁？

曲乾抱着一盒蓝罐曲奇凑到尹朝朝身边，盖子一掀，笑容谄媚得没眼看：“我亲爱的学神朋友，朝朝同学，吃饼干呀。”

尹朝朝面无表情：“不吃，我怕是榴莲味的。”

一朝被蛇咬，十年怕井绳。自从上次被曲乾坑了吃榴莲糖以后，她现在警戒心非常重。

不出她的意料，曲乾又做出一副神伤的样子，并且语气还挺委屈：“朝朝，我向你发誓，这次我绝对不是奔着恶作剧来的。”

委屈没用，尹朝朝不买账：“有事说事，别委屈得像个吃不着小红帽的狼外婆似的，我看着一身鸡皮疙瘩都起来了。”

曲乾憨憨一笑，也不拐弯抹角了：“早就听闻您素来博学多才，能不能也给我补补课呀？”

“给你补课可以，”尹朝朝捻了捻指尖，“天下没有免费的午餐，你……”

“我懂！”曲乾一点就透，“补课费嘛，应该的，要多少，您尽管开口。”

“一小时五百块。”尹朝朝狮子大开口。

“一小时五百块？”曲乾眉毛挑得老高，愤愤然，“尹朝朝，你这收费怎么比外面一对一的辅导班还贵啊，你不如去抢钱好了！”

尹朝朝摊手，一脸无辜：“我为什么要抢钱？这是为你私人订制的价格，我要抢，也是抢你的。”有点小蛮横的语调，摆明了在故意气人。

曲乾不服气：“我有私人订制的价格，那姜老大呢？”

尹朝朝口型夸张：“他呀，我一毛都不收。”

“你，你这是差别对待！”

“你说对喽。”尹朝朝朝他扮鬼脸，“我愿意，你能拿我怎么样？”

曲乾哼了一声：“青梅竹马了不起啊！”

尹朝朝同样回了一声哼：“就是了不起，反正你没办法比。”

尹三岁和曲二岁的世纪大对决，后者惨败。

胸口仿佛中了一支扎心箭，曲乾悲愤交加地走了。他今天穿了一套荧光绿的运动服，因为演技用力过猛，背影看上去像一条暴走的毛毛虫。

有点哀怨，又十分滑稽。

尹朝朝乐得哈哈大笑。

那笑声太魔性，让人一闭上眼，脑海中便能浮现出一只大鹅。

大鹅迎风奔跑嘎嘎叫，尹朝朝叉腰落座哈哈笑。

姜周易板着脸忍了一会儿，没忍住，偷偷咧开嘴角。

他不是爱笑的人，唯独在她身边时，笑的次数最多。

.Chapter 7.

姜心是尹心

01

青天白日，教学楼外悬挂着的一条条高考冲刺标语迎着仲夏时节温热的风摇曳招展，似一道盈目的风景线将校园装点。

难得的一节音乐课，讲台上年轻漂亮的女老师刚刚把多媒体设备打开，正要给同学们放几首钢琴曲做鉴赏，班主任刘仲忽然出现在班级门口。他先敲门，然后推开条小缝，接着探头进来："萧师妹，不好意思，我打扰一下，有点事跟同学们说……"

班主任抢课流程走得明明白白。

没等他话音落下，座位席上的众同学纷纷怨声载道：

"老刘！您又来！"

"一周一节的音乐课，您连抢大半个学期可还行？"

"不能看我们萧晓老师人美心软，您就一个劲地欺负她，霸占人家的课呀！"

音乐老师萧晓二十五岁出头，尹朝朝他们这届是她带的第一届学生，女老师人美心善性格又软萌，大家都喜欢得不得了，平日里巴不得上一百节她的课才好，却总是被刘仲无故搅和黄了。

这民怨的累积并非一朝一夕，眼下终于到爆发的时候了！

曲乾更是气得脸都红了：“老刘！您是不是太过分了，亏您跟我们萧老师是校友呢，亏您一口一个师妹叫着呢，有您这么对待师妹的吗！抢课太频繁，我抗议！”

结局当然是——抗议无效。

刘仲理都没理曲乾一眼，和萧晓相视一笑，后者拎起手提包留给大家一个温柔似水的眼神便离班了。

曲乾身子往后一靠，白眼直翻：“我死了，麻烦大家给我点一首《伤心太平洋》。”

刘仲一个粉笔头砸过去，他捂着脑门又坐直身体：“哎，我又活了，真好真开心。”

“行了，行了，你少阴阳怪气的。”刘仲说，“我今儿来就一个事，那个，姜周易啊，你下课带个男生到咱教学楼后面的物料库取一块透明的留言板回来，上头有六十四个卡槽的，你到那儿跟库管大爷一说，人家就知道了。”

“留言板？卡槽？”姜周易有些好奇，“老师，这是要做什么？”

“你只管先取来就行，至于做什么嘛，过两天告诉你们。”刘仲卖完关子便走。

尹朝朝写英语作文的笔尖一顿，和姜周易面面相觑，两人异口同声：“哟呵，还挺神秘的。”

谜底在五天后揭晓。

彼时是个特殊的日子，六月七号，高考第一天。

一大早，刘仲拎着个小纸袋进班监督早自习时，十六班众人正在怀疑人生。

怀疑人生的原因是他们居然不放假！也不晓得这年的日历到底是怎么个编排法儿，总之那三天，一没碰上节假日，二没碰上高考占考场，当举国上下都在密切关注高考这几天的情况时，高一和高二的学生们还在苦哈哈地享受学校一成不变的8+2套餐（注：8+2套餐是指高中生一天要上的八节课加早晚自习）。

刘仲撑着额头无声地笑了一会儿，接着安抚众人：“行了，行了，大家都收收心啊。高考嘛，不用盼，迟早有来的那天。现在，大家把手头上的事都停一停，我有点东西需要你们每个人都填一下。”

小纸袋里装着两盒四四方方的卡片，正面是笔记本上的那种格子，背面是鲤鱼跃龙门的图案，右下角的一个烫金边框，是留着给大家写名字的地儿。

刘仲给每个人发下去一张，不苟言笑道：“同学们，今天是你们学姐、学长高考的日子，明年这个时候坐在高考考场的人可就是你们了。老师不知道大家对考大学这件事有没有一个明确的目标。如果有，老师想夸上几句，你能早早地有目标有方向已经很棒了，一定要不遗余力地朝着理想努力才行；如果没有，老师希望大家利用这三天的时间，认真去思考一下第一志愿要报哪所大学，九号上午课间操结束前，请大家放到班级后墙留言板上各自学号对应的卡槽里。”

底下有人率先反应过来：“老师，您这些话一言以蔽之，不就是让我们有备战高考的仪式感嘛，但您这弄得未免太兴师动众了吧。又是留言板又是小卡片的，不至于吧？”

“不至于？怎么不至于？”刘仲饶有兴致地反问一句。

那人挠头没应声。

刘仲拿起教案对着讲台左扇两下右扇两下，积落在上头的一层浅浅的粉笔灰便飞散开来，然后他手拄讲台，眼睛向台下众人扫视：“的确，生活中不必处处有仪式感，但有时候，仪式感是绝对不能少的。就譬如说高考百天誓师大会、十八岁成人礼，再譬如婚礼、孩子周岁宴，在人生中最重要的节点来临时，恰如其分的仪式感是对自我的尊重，也是勉励。

“眼下你们高二马上结束，高中生活不过还剩一年，一年时光很快的，我希望你们能有一个为之奋斗的目标，能严肃认真地对待这次所谓的仪式感……”

“啊……”曲乾非常不合时宜地打了个哈欠。

刘仲脸色一僵：“曲乾你怎么回事？”

曲乾困得眼泪都要淌出来：“老师，我可以不填吗？我就想做一条没有梦想的咸鱼。”

刘仲眼珠一瞪：“曲乾！”接着咬牙发狠地把讲台边的戒尺攥到手上，“我就问问！你填还是不填？”

曲乾急忙正色：“填！”

不只是曲乾，十六班大多数人虽然表面上都做出一副对仪式感不屑一顾的样子，但当真要在卡片上落笔时，没有谁想也不想地写个大学名字上去，所有人心照不宣地慎重起来。

因为“理想”是个神乎其神的东西，某种程度上，和“烦恼”这个词很亲密。没有它的时候为产生而烦恼，有了它的时候又得为实现烦恼。更通俗一点来说，考大学的目标不好定，定得过高了，考不上丢脸；定得过低了，没有前进动力。

于是整个下午，十六班都被一种既迷惘又焦躁的氛围笼罩着，苦了几位来班级上课的毫不知情的任课老师，一堂课说了好几十遍“请大家精神一点”“×× 同学抬头看黑板”“听好了，题目我最后再念一遍”，心里窝火又口干舌燥。

“尹朝朝，第一志愿报哪儿？”放学值日的时候，姜周易拎着拖把进班上，状似无意地问了一句。

讲台上，正擦着黑板的尹朝朝偏过头，字正腔圆：“B大！”

“B大？”

“嗯！B大的汉语言文学！”一提起心中的理想学府，尹朝朝便滔滔不绝，“我高二开学的时候就研究过了，纵观历年高考录取分数线，城市发展前景，学校教学水平及寝室条件，B大都是我心中的NO.1，而且最锦上添花的一点是学校里面自带书店街和美食街！美食街就不用说了，书店街哎，类似诚品书店的风格，简直是文学爱好者的天堂！”

别人不清楚但姜周易清楚，虽说尹朝朝平日里总是一副大大咧咧没心没肺的样子，但她其实是很有规划意识的一个人，但凡是她认定的事情就一定会全力以赴。所以，他在问她的时候不是问“打算报哪儿”，而是问“报哪儿”。他知道她心中一定早有想法。

只是——

姜周易摸了摸鼻尖，有点尴尬地问：“B大在哪儿？”

“F市呀！”尹朝朝声音轻快。

“F市那么大，你具体一点。”

尹朝朝擦黑板的小手忽然垂下，陷入沉思：“B大有好多个校区的，不同专业在不同地方，本科生和研究生也分开，让我想想啊……”

姜周易无可奈何地捏了捏额头，出言打断她：“不用想了，你就说你要去的是哪个地方，这总记得吧。”

“庆熙路19号！”尹朝朝说着，一双笑眼透露出十足的好奇，“姜周易，你问这个干什么呀？”

“没什么，随便问问。”姜周易淡淡地说。

他先将拖把送回班级后面的卫生角，接着回座拎起两只书包，一只藏蓝色，一只米白色，款式相同，色调相配。

还没等他迈步，尹朝朝欣喜又雀跃的声音在身后响起：“姜周易，你今天是要帮我拎书包吗？”

姜周易面无表情地回头，把尹朝朝的书包扔到她怀里：“不帮！”

少年第一百零八次口是心非地否决。

但当他走到班级门口，回头看了一眼他那抱着书包一脸失落的小青梅时，又没忍住放下傲娇身段：“尹朝朝，快点走，自行车后座借你。”

“好嘞！”尹朝朝粲然一笑，脚踩风火轮似的跑到门口，将书包往他怀里一扔，完事儿抬腿就跑，急切的声音中全是狡猾的成分，“姜周易，你先帮我拿着，我去个厕所，等我坐上自行车时再给我呀！”

又来！

姜周易又好气又好笑，还很无语地大声斥责：“尹朝朝你就这一招是吗？”

“招不在多，管用就行！”尹朝朝挥了挥手里的一长串卫生纸，一路狂奔不曾回头，“送您一颗小心心！友谊小船永航行！”

身后，倚墙站着的少年无奈地摇了摇头，他似乎看清了什么事，冷傲的脸上浮现出一丝慈笑来。

尹朝朝你个小傻子，我大概是永远拿你没办法了。

接连两天淅淅沥沥的细雨过后，高考迎来收官。

同一时间，十六班教室后面的透明留言板上的卡槽空位陆续被卡片填满。

八横八纵，六十四张，对应班上六十四名同学，各不相同的字迹之中，洋溢着同样的信念与热血。

场面甚是壮观，引得大家纷纷驻足。

这会儿工夫，刘仲没在班上，有几个兜里偷揣手机的同学大着胆子拍照留念。

尹朝朝没带手机，索性两手比了个相框，用自个儿的目光去记录。

她刚刚看到第二排最右边的小方格，身边的曲乾便没头没尾地来了几句：“姜老大是不是走错片场了，这写的是什么玩意儿？街道还是住址？”

语速很快，让人分辨不清。

尹朝朝不明所以地偏头看了他一眼：“嗯？你说什么？”

曲乾抬手指了指卡片，问她：“我记得韩国是有个庆熙大学来着，姜老大难道要出国吗？志愿卡上写的是庆熙路 19 号哎。”

——B 大在哪儿？

——庆熙路 19 号。

尹朝朝一愣，不久前的对话犹在耳畔，那个名叫心脏的小家伙却仿佛漏跳了半拍，偷偷地装了大半桶的桃子汽水回来，弄得她整个人又激动又无措还隐隐觉得心底泛甜。

就在此时，再次响起的曲乾的声音将她拽回现实。

对方问：“朝朝，你脸红什么呀？”

如同朝着本就泛起波澜的湖面掷下一块巨石，尹朝朝的内心一下子卷起层层巨浪。

“脸红？一定是因为太热了！我去外面吹吹风！”

在羞赧情绪作用下，她扔下一句话便不管不顾地往走廊上跑去。

“不对，这里面有猫腻。”

几乎是尹朝朝前脚刚离开班上，曲乾后脚便敏锐地觉察到一丝微妙。

他点开手机搜索界面，手指唰唰唰地输入“庆熙路 19 号”几个字，搜索结果第一条就显示，著名的 B 大某校区坐落在此处，再一对应学神尹朝朝的志愿卡，轻而易举地破解其中玄机。

青梅竹马暗搓搓地发糖了，曲乾想，他必须要助攻一下才行！

正巧方懿从他身边路过顺口问了一句：“什么猫腻？”

曲乾瞬间想到一个小点子：“小方，你先别走，我能不能把你的志愿卡和姜老大的调换一下？”方懿的学号是二号，紧挨着一号尹朝朝。

作为CP粉的大粉头子，曲乾断然不能错过任何促使二人同框的机会。

“行是行啊，这又不是什么大事，不过，为什么要调换啊？”方懿问。

“因为……”曲乾说得一套一套的，“因为我们是同桌呀，既然方懿和曲乾坐在一块了，那让方懿的小卡片和曲乾的小卡片挨着，是不是没毛病？”

“没，没毛病。”方懿似懂非懂。

曲乾又说：“朝朝和姜老大也是同桌，那是不是同理可证，我说得在不在理？”

“在理。”方懿认同地点了点头，转身回座位做题。

曲乾独自留在原地，眼望留言板，心底狂自豪：看！教室的墙多白，我萌的CP多登对！

02

时间的齿轮不疾不徐地转动着，当新一批青涩稚嫩的学子迈入高中校门时，尹朝朝所在的文科十六班，班牌前缀已然从“高二”变成了“高三”。

一字之差，班里学习氛围的浓厚程度更上一个台阶。

课间的时候，尹朝朝和姜周易的位置总有人拿着卷子围过来请教六大科目上遇到的难题。

“大家都踊跃地来找我们帮忙答疑，这是非常好的事情，不过这几天下来我发现一个问题，同一道解析几何题，我刚刚给前一个同学讲完，不一会儿又有一位同学来问，我就又得重新讲一遍，弄得后面的同学没时间问就上课了。姜周易，不知道你遇到过这种情况没？”中午在食堂排队打饭，尹朝朝盛汤时问身边少年。

“的确，这种事情时有发生。”两人找了张桌子落座，姜周易问她，“那你打算怎么办？”

尹朝朝说：“我的想法很简单啊，还记得咱俩之前定好的‘学习风暴计划’吗？我是觉得不如全班同学一块学习好啦，既能充分利用晚自习的两个小时，又能带领大家共同进步，两全其美。”

言简意赅的几句话，让人听了心底暖意盈盈，姜周易无言地注视着面前善良又热心的小姑娘，眼里有钦佩。

姜周易想，他不是没见过其他学习好的孩子，相反的，在过去近十几年的求学生涯中，他见识了太多太多成绩优异又性格迥异的人，有人恃才傲物，有人高冷寡言，也有人沉浸在自己的小世界中淡漠同学情谊。唯有尹朝朝，她就像个小太阳一直活跃在同学们周围，哪里有困难哪里就有她递过来的小手，平易近人又天真赤诚。

“喂，姜周易，你有在听我讲话吗？”尹朝朝五官皱成一团，似乎很费解对方为什么会溜号。

“我在听啦。”一只白白嫩嫩的手掌忽然闯入眼帘，姜周易回过神来，有笑意从心底涌到唇边，有意逗她，“那怎么行，尹师父，您不辅导我了啊？”

尹朝朝“噗”地笑了，尹师父这个称呼是怎么回事？

再仔细一想，的确，她是一堆题一摞卷地将他成绩带起来的。

说到成绩，姜周易算是异军突起的典范了，最近一次周考数学突破一百四十分，比她还多两分，更让她产生“这人不学理科可惜了”的想法。

想到这里，她朝他拱了拱手：“小姜徒弟，你已深得我真传，并且青出于蓝胜于蓝了。”

身后忽然响起一道酸不拉几的声音：“青梅竹马的商业吹捧时间，朝朝、姜老大，你们俩可真是够了啊。”

是曲乾。

这人不知打哪儿冒出来，手里端着餐盘，一屁股坐到尹朝朝对面，眼疾手快地夹走她盘子里的一大块红烧肉往嘴里送。

跟着曲乾一起过来的还有方懿，他轻手轻脚地坐到姜周易对面，说：

“朝朝，班长，我刚刚走过来的时候，隐约听到你们俩的谈话了，我觉得大家一起学习的这个想法特别好，你们有什么想法的话大胆实践吧，我嘴笨说不明白什么，需要我帮忙的话我一定帮。”

“还有我，还有我！”曲乾一副义薄云天的模样，“带领全班一起‘智’富这种事，怎么少得了我小乾乾！”

众人拾柴火焰高，四个人你一言我一语地发挥脑洞，很快商量出一个对策——利用晚自习的两个小时做“答疑会”。

尹朝朝做首轮部署：“答疑会就由我和姜周易轮流担当主讲人，一周一替换，负责解答同学们的问题。”

姜周易做第二轮部署：“方懿你是学委，心思比我们都细致，就请你负责整合一下当天班里大家的问题，不管是知识点还是卷子，但凡是没掌握的，统统不要放过。曲乾笔记做得好，负责整理每天答疑会上的重点和易错点。我们一周打印一次，订成小册子，给大家发下去。”

曲乾和方懿齐齐点头，四人达成共识。

事后，几个人去到办公室，姜周易作为代表，把想法说给刘仲听，对方听完之后拍大腿叫好：“好事！必须支持！小册子的钱，老师给你们出！”

当天下午，姜周易就这件事短暂地开了个班会。

彼时是第八节自习课，大家都在座位上苦大仇深地和卷子做斗争，姜周易上台三两句便将这事说明白，完事儿后问了一句：“大家觉得怎么样？”

底下起初鸦雀无声。

随后掌声雷动。

众同学一听到有“答疑会”这等好事，纷纷点头如捣蒜：

“太好了。”

“我愿意参加，一百个愿意。”

有人过于激动，大喊了一声：“班长大人万岁！”

接着，全班人都开始跟着喊了，声浪一浪比一浪高，场面震撼得堪比古代帝王登基大臣们高呼“吾皇万万岁”。

见状，姜周易忙笑着喊停，他说：“大家不用感谢我，这想法是咱们班学神尹朝朝同学想出来的，大家要谢就谢她吧。”

于是，下一秒，大家纷纷转头看向尹朝朝，又换了口号：“学神在上，受我们一拜！”

正给前桌女生编头发的尹朝朝急忙摆手，慌里慌张地说：“别别别，受不住，我应该做的。”

待到声浪缓缓落下后，尹朝朝冲着讲台上的少年重重地眨了一下眼，那意思是，你跟我还弄这个？不需要解释的呀！

姜周易回了一个沉沉的点头，那意思是，我当然不能抢你功劳。

坐在第一排的曲乾撞见这眉来眼去的一幕，兴奋地捅了捅同桌方懿的胳膊，然后，在对方抬头看他时，非常做作地递了个媚眼：“大家不用谢我，这想法是咱们班学委方懿同学想出来的，大家要谢就谢他吧。”

明摆着是说给姜周易听的。

姜周易也确实听到了，他冷笑一下，左手捏着一根粉笔头，稍稍使力，掰成三段。

曲乾眼见不妙想跑，可惜他反应快，远不及姜周易动作快，他刚从座位上起身，迎面一个黑板擦拍到他额头上，粉笔灰扑簌簌落下，糊了一脑门。

曲乾反射弧慢了半拍：“老大，你这是声东击西！”他的注意力全集中在粉笔头上了，不曾注意到对方另一只手竟将黑板擦够到了！

“你说得很对，”姜周易眼疾手快，一个脑瓜嘣弹过去，在曲乾抱头哭号的时候，他语气遗憾地说，“不过那是刚刚，我现在是故技重施了。”

脑门往桌子上轻轻一磕，曲乾声音暴躁又委屈：“老大，你欺负我！我自闭了！”

全班哄堂大笑。

第二天，“答疑会”开始实施，同学们参与度极高。当天晚上，方懿收集整理出来二十几个问题，各个学科都有，尹朝朝耐心地一一解答，

板书写了好几块黑板，一站就站了两个小时，两个腿肚都酸酸的。

晚自习下课铃响，姜周易第一个过去关切：“累不累？”

尹朝朝抻了抻腿，表情狰狞，声音却是雀跃的：“不累啊，我这才到哪里啊，和老师们比差远了！不过也只有真正站到讲台上，才能体会到老师们每天上课有多辛苦。”

姜周易点头：“的确，像咱班班主任，平均一天要上四节课，一站就是一上午或者一下午，很不容易了。”他扯了扯尹朝朝的脸，“你也很棒咯，走吧，我送你回家。”

尹朝朝两眼放光：“姜周易，所以说，自行车后座还可以借我咯？”

少年沉沉地“嗯”了一声，尾音故意拉得老长，故意做出不耐烦的样子。

他在心底讲实话：借你，只借你。

晚风轻柔，自行车穿越大街小巷，一路畅通无阻。尹朝朝哼了十来首歌的工夫，车子终于抵达何朝兰的小别墅门前。

下了车，她忽然想到些什么，对掉转自行车头的少年说：“姜周易，你先别走，等我一下，我有东西要给你！”

姜周易还没来得及反应，只见这小姑娘如同离弦之箭，一个闪身开门冲进屋子里，不一会儿，便拎了两大袋子东西出来，嘱咐他：“这里面，一袋是核桃仁，补脑的；另一袋是枸杞菊花茶，明目的。核桃仁可香了，你回去多吃一点，枸杞菊花茶虽然不怎么好喝，但加点冰糖味道就会好很多。别忘了让姜海叔叔也喝一点，他老人家总是眼疲劳，多喝一点对视力好的！”

自行车有两侧把手，她一侧挂一袋，保持平衡的同时，令车子增重五斤。

姜周易却浑然不觉。

他一言不发地看着尹朝朝，听着她叽里呱啦地讲话。

记忆与现实交叠，今时今日站在他面前的尹朝朝和小时候总跑到他家维修铺献宝的小朝朝身影重合。

十来年光景过去，承载他们童年记忆的赫尔苏街变了模样，他身边的朋友同学换了一拨又一拨，人来人往的，只有尹朝朝没变，只有她，一直在他身边。

胸口闷闷的，有感性的情绪在发酵，他别别扭扭地问她：“尹朝朝，你怎么一点都没变啊？”

一句话里面有惊讶，有伤感，但更多的是感激。

尹朝朝没理会其中深意，反驳他的同时也将他逗笑了。

她叉着腰说：“我怎么没变啊，我明明就有变得年轻貌美有才华！”想了想，觉得自己不对，又忙撤回半句话，“年轻就算了，我小时候更年轻的。貌美有才华，就是我的变化！”

姜周易被这姑娘傻兮兮的一面萌坏了，同她绕话：“照你这个意思，你小时候是年轻的，难道就不貌美，就没有才华了？”

尹朝朝窘道：“好吧，我认输了，我一点都没变。”

四下看了看，夜幕更低了，她言归正传：“姜周易，你快点回去吧，再晚一会儿，姜海叔叔该担心了。”

她站在别墅门口的小路灯下，暖黄色的光从头顶倾洒下来，给脸颊染上一层柔柔的光晕，看上去软软的。

姜周易没忍住，临走前又捏了捏她的脸：“尹朝朝，明天见。”

“嗯，明天见！”小姑娘一点都不恼火，只是咧嘴笑。

明天见，后天见，每天每天都要见。

03

多年以后，尹朝朝回望高三这一年，虽然繁重的课业日复一日无休止地重复上演，但她并不觉得迷惘抑或压抑。在每一个晚自习下课、答疑会完满结束的夜晚，她坐在姜周易的自行车后座上，一边哼着跑调的英文歌，一边静静地等待少年那句“尹朝朝下车，你到家了”的到来。头顶的夜幕有时星光粲然，有时漆黑旷远，她的心中一片祥和，只觉青春如此，便是最好的。

从冬到春，再到又一年盛夏，他们一起经历了一模二模三模四模，终于迎来高中最后一次班会。

班主任刘仲依旧是像风一样的青年，匆匆推门，匆匆走上讲台，开门见山道：“同学们，今天是大家高中的最后一天，明天就离校了，再有六天就高考了，学习是肯定学不进去了，那就最后开个班会吧。不定主题，每个人上来想聊点什么就聊什么，理想啊，烦恼啊，成长啊，都可以。”

那天是六月一号，儿童节。

一中后头的一家幼儿园举办了一场“回顾童年”的照片展。

门口架着几台音响，儿歌一首接着一首地放，主持人身上像是接了一百个话筒，音量大得不像话。

十六班众人坐在教室里，都能时不时听到对方讲话：“下面，请××小朋友跟大家分享一下这张童年照背后的故事。”

刘仲看着台下一张张写满离愁别绪的小脸，忽然灵机一动，说：“在开班会之前，我也跟你们这些大朋友说声六一快乐，不过我这儿没童年照看，黑历史倒是有一堆，大家要不要看？”

“要！”尹朝朝率先回应一声，声音兴奋。

早在一周前，所有课程便结束了，眼下大家纯粹是在教室养身板。

尹朝朝想，管它黑历史还是白历史的，先凑个热闹再说。

刘仲意味深长地看了她一眼，嘴角憋着点笑：“那，那就看吧。”

尹朝朝还有些纳闷，是自己这一声喊得太豪迈了吗？班主任没事笑什么？

结果一看到投影屏幕时，她傻眼了。

刘仲放出的第一张黑历史照片竟是她的！

照片上，她双手环着脑袋，后背佝偻着，神情极度痛苦，像仙侠剧里被特效火焰灼烧的大反派，傻到让人不忍直视。

班级里的笑声是在一瞬间爆发的，当天未能见到这一幕的人，把笑都补上了。

曲乾乐得最很，差点没从椅子上滑下来，幸灾乐祸地说：“这张照片我记得，是去年有一回流感，老师进班没收辣条的那次，哈哈哈，画面太美了！”

尹朝朝羞愧得直想拿脑袋撞桌子，额头刚要碰到桌面，被同桌少年伸过来的手掌稳稳接住，她一下子愣了，听见对方淡淡地说：“别撞了，你这颗脑袋可是要金榜题名的，撞坏了全班都跟着心疼。”

全班都心疼，你是全班的一员，所以你会不会心疼呀？

尹朝朝笑嘻嘻地眨着眼，正襟危坐：“嗯，我会好好保护它的。”

后面刘仲又陆陆续续放了许多同学的黑历史照片，有上课吃方便面被抓包的、站在凳子上玩“金鸡独立”摔得人仰马翻的、入学军训时晒成小黑球愁容满面的，窘态百出，各有笑点。

最后一个主人公是姜周易，他的照片有点特殊，以一个合集形式出现。

起初几张摄于“睡神”时期，少年整天在课堂上睡大觉，永远枕着那一侧肩膀，保持同一个睡姿，侧颜轮廓优美，尤其是下颌，有着不输日漫美少年的精雕细琢。

紧接着的是，修灯管时的照片和主持元旦晚会的照片相继出现。

最后一张，是不久前答疑会上的抓拍，少年握着笔头，神情专注地望着黑板，台上尹朝朝在讲课，他听得一丝不苟。

真是好看呀。

尹朝朝支着下巴想，像个称职的小迷妹，嘴角越翘越高之际，听见前排有男生调侃道：“老师，您这也太偏向了吧，班长这哪是黑历史啊，分明是美少年上进史。这样一比，我们其他男生成啥了。”

她不满地噘了噘嘴，能言善辩道：“我说张建伟，你清醒一点好不好，班长本来就没有黑历史呀。”

被叫作“张建伟”的男生推了推鼻梁上厚厚的眼镜，局促地笑了一下：“随口一说，学神息怒。”

尹朝朝傲娇地晃了一下脑袋，有点小蛮横地哼了一声。

手心里忽然塞进来一颗蜜糖味软糖，尹朝朝还没明白怎么回事，耳边响起熟悉的少年音，傲娇的语气中隐匿着心满意足：“会说话的小孩有糖吃。”

接着，同侧校服口袋忽然一沉。对方出手阔绰，软糖塞了满满一口袋，尹朝朝垂眸一看，笑得颧骨卂天：“班长大人是美少年！本美！本少！本年！”

闹闹哄哄了一阵子以后，班会正式开始。

姜周易作为主持人，负责掌控全局，按照学号顺序叫人发言。

尹朝朝是第一个上台做毕业总结的。

她作为优秀学生代表登台发言多次，对这种场合一点都不拘谨，先朝台下众人郑重地鞠上一躬，而后站得像棵小松树，大大方方地讲话：“我很庆幸自己高一入学时就能和大家相遇，成为十六班的一员，在这里度过轻松美好的三年时光，和大家一起进步，一起成长……祝愿大家高考旗开得胜，取得好成绩！”

发言完毕，尹朝朝朝台下再鞠一躬，与此同时，掌声响起。

后面相继有同学被叫到讲台上发表毕业总结，大家聆听得十分认真，掌声时断时续持续了将近两个钟头。

曲乾是倒数第二个上台的，他发言结束后，眼见着姜周易要从台上下来请刘仲给大家做总结，忙伸手拽对方一把：“老大，我们每个人都说完了毕业总结，你还没说呢！”

“是啊，是啊，班长你还没说呢！”

底下六十多个人也不糊涂，都等着这一刻呢。

姜周易迈下讲台的那只脚又收了回来，笑了笑：“本来想躲的，没躲成，那我就说说吧。”

尹朝朝两手托腮，目光柔柔地注视着台上的人。

在莫里一中她是老师家长眼中的好学生范本，更是同窗们赞不绝口的学神。

这样的人，本该是为自己骄傲的。可在她心里，值得骄傲的另有其人。

那个人是姜周易，是她永远钦佩的少年郎。

和煦的暖风透过纱窗涌进教室，将校服两侧的衣角吹得向后翻，少年利索地将拉链拉到胸前位置，正了正衣领，照旧先鞠一躬，笑容明朗。

他淡淡开口："也许很久以后，我会这么回想当年，我不过是不喜欢学习的男孩子，就像水果店的婆婆不喜欢有人夸她胖，有啤酒肚的年级主任不喜欢吃香菜。

"除此之外我不曾吝啬我的善良，不曾冷落梦想，我尊敬恩师礼让同学，不曾辜负我的小姑娘。即便我以后是个维修师傅，只赚了一点钱，也美好地度过了青春时光。"

……

"最后，祝愿大家金榜题名，收获一个繁花似锦的盛夏。"

少年话音轻落，雷鸣般的掌声再次响起。

那是一天之中，阳光最为明媚的时刻。

04

翌日，莫里一中一千三百五十名高三学生离校。

当晚十六班谢师宴上，刘仲做开场白："这眼看着高考就要来临了，考前注意事项嘛，我知道你们都听烦了，但我还是得唠叨一遍，要不然不放心。

"考试要带的身份证和准考证千万不要忘了，但如果真就不小心落在家里也别慌，考点外头都有流动警车，一定要第一时间向警方求助；涂答题卡的时候一定要细心点，准考证号那一栏不能忘记填；英语和文综选择题多，一定要做一部分填涂一部分，省得最后题都答完了，没时间涂答题卡；语文作文字迹工整些，判卷老师愿意多给分；咱们这数学高考题难度都是串换着来的，去年的题简单，我估摸着今年或许会难点。但无论考场上遇见什么样的难题切忌心乱，要想着'题难大家都难，我不会别人也不见得会'，选择填空是最易丢分的两大项，要用心去做。大题一旦碰见什么三角函数啊、数列啊、概率问题啊，第一时间就着手去做，后面的两道压轴题一共也没多少分，做完第一问直接扔下，回头去检查前面的答案，大家伙按照我这方法，数学过百分是没问题的。

"再有就是考试前这几天，像什么海鲜啊、涮串啊、麻辣烫啊、路边摊上的烤冷面啊，但凡是生冷油腻的东西，大家都别碰了，让父母做点清淡的东西，省得到时候吃坏肚子，影响考试发挥。"

看似永远也走不到尽头的高中三年终于到了分别的时刻，刘仲像是送子女出征的老父亲一样絮絮叨叨地嘱咐了很多话，底下六十多个脑袋静静地听着，眼眶不由自主地湿润起来。

刘仲叹了一声气，感慨万千："我就知道，我这话不能说，你看看你们一个个的，哭哭啼啼的干什么，毕业了还不好啊。"

尹朝朝低着头剥瓜子，闷闷地说："毕业当然好啊。"

眼泪在眼眶打转，她眨了眨眼，忍下情绪又说："老刘，我们大家这不是，舍不得您嘛。"

尹朝朝带的头，底下的人都开始抹眼泪，像第一天被爸爸妈妈送去幼儿园的小朋友，一脸的离愁别绪，一脸的可怜兮兮。

刘仲心里也不舒服。

说不舍，他这个做班主任的更不舍，到底是从高一开始便由他带着的班，从最初的人名对不上脸，到现在每个人的生日、手机号、家庭住址都烂熟于心，感情很深厚了。

他今年也才三十岁出头，没比他们大多少岁，家里有个比自己小十几岁的妹妹在读中学。虽说平日里他总是一副严肃面容，但他的心是柔软的，看这群倒霉孩子像看自己的弟弟妹妹一样。

弟弟妹妹们哭了怎么办？

哄着呗。

刘仲拎着个纸抽挨座走了一圈，谁要是眼眶通红，他就递两张纸过去，别扭着关心道："眼泪别掉了啊，再掉让你留级，再念一年。"

曲乾正哭得惨绝人寰，一听这话，哭声马上就停了："那拉倒吧，眼泪收回。”

刘仲“哎哟”一声，揶揄他：“怎么着，一提留级小脸就放晴了，塑料师生情啊。”

曲乾笑：“老刘，咱们是钢铁师生情，但无奈的是，高三是熔炉，我实在不想再体验一回。”

刘仲瞥他一眼，对其余人说：“都学学曲乾这觉悟啊，毕业有什么的呀，以后真想一中的一草一木了，大可以回来看看，母校的大门永远为大家敞开。”

大家伙纷纷感动地点头，唯独曲乾刘海一甩，大有看清未来的觉悟：“您可快拉倒吧，到时候，门卫都不让我们进。”

一句神回复，伤感氛围顿无，欢声笑语重新被带到饭桌上。

这场谢师宴快要结束的时候，来了个让人意想不到的嘉宾。

是大家的音乐老师，萧晓。

当刘仲面带几分羞赧地邀请对方入座后，忽然道了一句：“是时候给大家介绍一下了，萧晓，既是你们的音乐老师，也是我的女朋友。”

尹朝朝一口汽水差点没喷溅出来：“老师，您和萧晓老师，什么时候的事啊？”

刘仲柔柔地看了萧晓一眼，说：“是你们高二放寒假那会儿吧。”

“准确点说，寒假结束的前一天，是我和你们刘老师正式交往的第一天。”萧晓温声细语地补充道。

尹朝朝后知后觉，打趣刘仲：“怪不得您开学之初还换了硬汉风的发型，原来是人逢喜事呀。”

曲乾小声地埋怨两声：“这么大的事，您怎么等到毕业了才告诉我们呀，之前一点风声都不透露，老刘，您这过分了啊。”

刘仲不好意思地摸了摸后脑勺：“我一个严查早恋的班主任，不让大家写情书递字条，扼杀了不少情愫，结果一转脸，告诉大家自己谈起恋爱来，这不是明摆着气人嘛，这像话吗？”

“是挺不像话的，”曲乾话锋一转，“分手吧。”

十六班众人口诛笔伐：“曲乾你说的像人话吗？”

曲乾笑道：“大家别激动，我开玩笑的。”

然后，他身子往凳子上一仰，生无可恋地叹了一声：“女神变师母，我哭了，给我……”

“给你点一首《伤心太平洋》。”众人齐齐地说。

一顿饭吃得差不多了，陆续有人提议集体去看一次电影，体验零点狂欢。

姜周易善意地给刘仲放行：“老刘，这群孩子我看着，您陪萧晓老师过二人世界去吧。”

刘仲感激地眨了眨眼：“看好他们。”

刘仲和萧晓下了楼，身后一个班的人齐刷刷跟在后头。

到了门口，刘仲说："行啦，大伙儿别送了，回去吧。高考都好好考，给老师争点气！"

姜周易拍了拍胸脯，保证："放心吧，我们一定不辜负您的期望。"

尹朝朝红着眼眶："老刘，您和萧晓老师一定要好好的，我们可喜欢她了，您不许欺负她呀。"

刘仲应声："放心吧，尹朝朝，我们俩呀，只有你萧晓老师欺负我的份儿。"

尹朝朝满意地笑了一下："那还差不多。"

该交代的都交代了，该嘱咐的也都嘱咐完了，刘仲最后看了大家一眼，挥了挥手："同学们再见。"

十六班全体同学齐齐道："老师，一定要幸福啊！"

夜色很浓，刘仲和萧晓上了一辆出租车，在大家依依不舍的目光中离开。

尹朝朝看着身边自始至终都很平静的人："姜周易，你早就知道班主任和萧老师在一起了是不是？"

姜周易浅浅地笑了："也不是很难猜，你看老刘每次抢课的时候，其他老师是什么反应，萧老师又是什么反应，一目了然。"

"确实是这样啊。"尹朝朝想，其实喜欢一个人的情绪是藏不住的。每次刘仲来占课的时候，其他任课老师总会先嗔怪两句，之后不情不愿地下了讲台，还得半开玩笑地说刘仲两句：“我的课不能白占，刘老师改天得补回来啊。”

唯有音乐老师，像是早就知道对方会来一样，刘仲一推门进来，她就乖乖退到一边去，脸上笑意盈盈。稍稍留心的人便会发现，刘仲来音乐课时，衬衫衣角格外平整。

“刚刚下楼时，老刘说我们青春正好，而他的青春已逝，我觉得这句话是不对的。”少年没头没尾地说了一句，也没解释原因。

尹朝朝却明白这其中的意思：“是啊，就这一句是不对的。”

尹朝朝想，谁人曾青春，谁人正青春，哪里有明显的界线呢？

刘仲虽然不复十八岁的模样，可他在每一届学生的青春里都占据一席之地。

风华正茂，又血气方刚。

05

第二天一早，尹朝朝刚洗完头发，干发帽还没摘，桌子上的手机就响了。

她接起来，电话那头的曲乾火急火燎的声音响起：“祖宗喂，你起没起床啊，大部队都到校门口集合了，就差你一个了！”

尹朝朝都能脑补出对方说这话时苦大仇深的表情，她把干发帽一摘，拨了拨额前碎发，出门工作准备就绪，装傻时间开始：“集合，集什么合？”

“尹朝朝同学，你昨天没喝酒，不要玩失忆。”

尹朝朝笑：“行了，给我五分钟，马上到。”

昨晚散伙饭之后，十六班全员又去看了场电影，散场后大家约定翌日一起去寺庙上香拜一拜，考前求保佑。电影结束时将近凌晨，尹朝朝便回尹家住了。

挂断电话，她一路小跑过去，用时不到五分钟。

人群里一打量，结果发现，班长不在。

尹朝朝冷冷地看了曲乾一眼：“这位朋友，你不是说就差我了吗？姜周易人呢？”

“我说话不管用，姜老大不去。”曲乾的声音里有着天大的委屈，“老大说他这人没什么信仰，为了考试去求神拜佛，是‘伪信’，佛是不会保佑的。”

尹朝朝：“……”姜家大佬的原则性让人自愧不如。

可姜周易最后还是去了。

因为曲乾在朋友圈里晒了一段小视频。画面起初是远景，一群人拥在许愿树底下争先恐后地挂许愿牌，紧接着镜头一转，尹朝朝侧身出镜。

小姑娘正手执狼毫，嘴唇紧抿，小心翼翼地在许愿牌上写字。

写了上下两句。

上半句——奉上我二分之一的幸运。

下半句——愿姜家少年金榜题名。

一笔一画，尽量周正的字体，其中两三笔有几分出自他手的神韵。

视频最后几秒，曲乾毫无征兆地大喊：“瞧见没有，这就是青梅竹马的情谊啊，我酸了，朋友们，柠檬树下见！”

声音里透露着一股酸劲儿，酸得人骨头都要酥了。

姜周易猛地把手机一扔，心脏狂跳。

次日天光微亮，他一个人去了寺庙，谁都没告诉。

寺庙建在青山上，四周苍翠，向下俯瞰，莫里市城区街道整齐划一，一览无余。

寺门紧闭，还不到开放的时候。

他在寺外台阶上安安静静地坐了半个钟头。

一直等到扫地僧人开门，他掸掉一身浮尘，进殿，上第一炷香。

他跪在佛前的蒲团上，虔诚地合上眼：“佛祖啊佛祖，周易此行别无所求，只请您不要将她的幸运给我，我会凭自己的实力考上 B 大的。”

寺外钟声敲响，余音绕梁，大殿之上经久不息。

少年三叩首，再抬头时，眼眶一热，到底还是有所求了。

“求您保佑我的小姑娘，年年岁岁，不经风雨，喜乐长宁。”

06

高考来临。

太阳公公善意回避，换雨神当差。

淅淅沥沥的雨像是一层自带降温效果的屏障，将万千考生同酷暑隔绝开来。

这场雨一连下了三天，一直到高考结束，天边初霁。

之后，历经大半个月的等待，高考成绩出炉。

几家欢喜几家忧愁，回校填报志愿的那个下午，尹朝朝在教学楼走廊上走了一路，发现各班的氛围都很微妙。

有人大哭，有人放肆地笑，如同泾河与渭河，虽然狭路相逢，却互不干扰。

最魔性的还要数十六班。

不知道何方神圣贡献出来两个KTV灯光球，青天白日的，天蓝色窗帘一拉，六十几个人在教室里群魔乱舞，一边蹦还一边唱：“拜拜全国一语文数学和英语……政治历史和地理，拿走拿走别客气。”（注：全国一指全国一卷。）

尹朝朝进班里待了一会儿，被吵到头大，慢慢往班外溜。

刚一开门，脑袋直直撞到一人小腹，头顶传来一声熟悉的闷哼，她忙后退半步，扬起脸：“魔音绕梁，大佬救命。”

姜周易扫了一眼屋内乱象，拽起小姑娘衣袖：“勉为其难，救你一命。”少年声音含笑。

小卖部对尹朝朝来说永远是最好的去处。

两人进了门，人手一支雪糕，便往仓库旁边的休息室里钻。

休息室成立之初是为了方便同学们泡桶面时落脚，面积不大，靠近门口处放着两台饮水机，里头摆上三五张小桌子。

现今格局大变，四面墙上各安置一块横板，板子下方放着高高的吧台转椅，尹朝朝坐在上头啃着雪糕，两只肥嘟嘟的裤腿晃来晃去，像是在荡秋千。

周围陆陆续续有人坐下，有人离开，都在谈论填报志愿这件事。这个时间点，高一和高二还没有下课，能在小卖部里闲逛的也只有他们这群高考完的“无业游民”了。

说到填志愿，尹朝朝下意识地看向身边的人，十八岁的姜周易依旧保持年少时的冷傲，但那已经不再是他气质的主要构成，取而代之的是成熟和稳重。少年高挺的鼻梁上架着一副和她一模一样的眼镜，即便没有度数，看起来也毫不违和。

她一直没问他要报哪所大学，当初在志愿卡上无意间扫到“庆熙路19号”时，她的心里有一瞬是盛满蜜糖的，因为那条路上只有B大，但眼下已经过去一年时光，她不知道他的想法是否有变化。

“姜周易，”她下定决心，问他，“你打算……”

“尹朝朝，我们在一起读大学吧。”

尹朝朝一愣。

姜周易站起身来，扯了张吧台转椅，和她面对面坐着，眼睛里全是认真：“高二那年，你不是问我怎么突然间就变成‘好好学习，天天向上’的样子了？我那时候跟你说‘为了让你不后悔转学，我得成为更好的人’，这两句你还记不记得？”

尹朝朝呆呆地点头，她没料到，她说的每一个字他都清楚记得。

“现在这个答案更新了，”姜周易说，“尹朝朝，我们在一起读大学好不好？”

“当然好啊。”尹朝朝笑得像个小傻瓜。

姜周易拍了拍她的脑袋，少女的星眸中映出自己的笑颜，他的声音又轻又温柔：“那说定了哦。”

尹朝朝郑重其事地“嗯”了一声。

只是小傻瓜有小傻瓜的困惑，从小卖部出来以后，她跟在少年身后，悄悄地喃喃：“可是姜周易，你还没告诉我怎么断句呢？到底是‘我们在一起，读大学’，还是‘我们，在一起读大学’呢？”

简简单单的一句话，因为一个“在”字，有了歧义。

中华文化博大精深，尹朝朝肃然起敬，偷偷地立誓：“看来我以后，一定要好好学习汉语言才行。”

而尹朝朝不知道的是，走在前面的少年不但听到她说的话，还在心底回复她了。

他说：“尹朝朝你个小傻瓜，当然是前者啊。”

不容置喙的一句话，什么时候可以理直气壮地说出来呢？

姜周易笃定，这一天很快会到来，他要耐心等待。

两人回到班上时，群魔乱舞的时刻已经结束。

班主任刘仲正在讲台上拆牛皮纸袋子，所有人乖巧地坐在座位上，等待志愿卡的下发。

在进班级的那一瞬，尹朝朝收起嬉皮笑脸的表情，恭谦地朝刘仲点了点头："老师好！"

一中的文科状元，总算逮住本人，刘仲哪能轻易放过，手一摆："尹朝朝，你过来。"再一抬眼，看见她身后的文科第二，又是一句，"姜周易，你也过来。"

两个小孩大跨一步，一前一后站着，脸上笑容灿烂无比，像排队领赏来的。

刘仲感叹："考试考得好就是不一样，你俩都春风满面的啊。"

"人逢喜事精神爽嘛，"尹朝朝问，"老师，您叫我什么事啊？"

刘仲关心："第一志愿报哪儿啊？"

"B 大汉语言文学。"

"想当老师啊？"

"嗯，想跟您一样，当个高中老师。"

"别了吧，尹朝朝，高中老师多累啊，读个研，小女孩留在大学当辅导员多好。"过来人的血泪。

“我觉得高中很好啊，和十七八岁的学生们在一块，那样我无论多大，都觉得青春没有远去，永远年轻。”天真无邪的语气，却很坚定。

尹朝朝小小地狡猾一下：“而且啊，写小说也有取之不尽的素材呢。”

刘仲乐呵呵地点头，“规划得不错，我赞同。”

他视线一偏，落到尹朝朝旁边的少年身上：“姜周易你呢？报哪儿？”

“B 大历史系。”

底下响起一阵暧昧的起哄声。

有几个看热闹的胆子大，一个劲儿地喊：“B 大！B 大！青梅配竹马！”

姜周易心底贼笑：这帮人真够“是非”的，不过我喜欢。

刘仲咳了两嗓子，音浪总算停歇，他继续正儿八经地问：“历史学专业出来是考古、科研，还是当历史老师？”

“都可以，这专业就业还行。”姜周易说，“不过我想去文博馆，我妈妈是历史老师，她一直想去那儿工作的，我也算完成她的心愿。”

姜周易的家庭情况刘仲是了解的，母亲早逝，被父亲一手拉扯长大，十几岁的大男孩难得不叛逆，还知道赚钱，顶好的少年了。他欣慰地点了点头，一时不知道说什么好，只叹道：“好孩子啊。”

“老师，发不发志愿卡啦？”底下有人催。

刘仲这才反应过来：“扯远了，险些忘了正事。哎哎，尹朝朝，姜周易，别回座啊，顺手发一下。”

“来了！”两道声音重叠，带着点儿喜悦。

学校给了一下午时间填志愿，但实际上，根本用不了这么久。

早在高考成绩出来以后，班上各个同学便和家人商量完了志愿填报哪儿，有的在心里给理想学府罗列出一二三，有的干脆记在本子上。

总之，全都心中有数。

志愿卡从发下来到收齐上交，用时半个钟头。

陆陆续续有好几个班级宣布放学，走廊上有人狂奔，有人撒欢似的大喊：“解放啦！”

欢声笑语交织，热闹嘈杂，传递着分别的信号。

十六班众人却坐得安稳，迟迟不肯从座位上起身。

刘仲笑着朝大家挥手，一脸潇洒：“行啦，同学们，天下没有不散的宴席，志愿卡都交啦，还在教室坐到什么时候？都走吧。”

“老师，最后再给我们唱一首歌吧！”不知道谁吼了一嗓子。

“唱啥？”

全班异口同声：“《新贵妃醉酒》。”

一首歌，祭出一拨回忆杀。

是高一入学那会儿吧，班主任和学生的见面会，刘仲一首《新贵妃醉酒》惊艳亮相，硬汉模样的男人，嗓音条件奇好，反串唱起来能以假乱真。

刘仲揉了揉太阳穴，谴责道：“你们能不能行了，都要毕业了，还想拍点黑历史留着？”

几十个偷举起来的手机相继放下。

最后一排，姜周易悠悠开口：“您唱什么我们听什么。”

班长大人一放话，全班立即附和：“对！您唱什么我们听什么！”

刘仲说：“那我就唱一首《爱因为在心中》吧，祝愿我们十六班的每一个熊孩子，在今后的人生中，都能一帆风顺，平安喜乐。”

他起了个开头，教室里的声音一点点会聚起来：

用音符画一个圈

经过都会被纪念

我想爱永远会留在你心间

每个人都拥有一个梦

即使彼此不相同

能够与你分享

无论失败成功都会感动

爱因为在心中

平凡而不平庸

一曲终了，青春完满落幕。

聚在一方的人儿，各自奔赴未来。

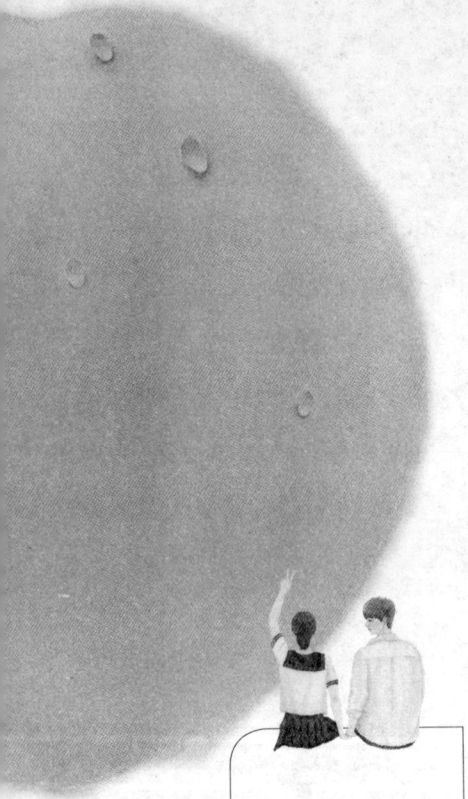

尾声

B 大，新生报到第一天。

尹朝朝病倒了。

她早就听说过“水土不服”这回事，却从来没体验过。

从莫里市赶到 F 市，飞机、轻轨、公交车、出租车，交通工具基本乘了个遍才抵达庆熙路 19 号。一路舟车劳顿的，天气又热，在学校食堂吃顿米粉的工夫，人便头晕目眩、干呕得厉害。

好在身边少年了解这症状，第一时间向食堂甜品屋的阿姨要了碗蜂蜜水来，尹朝朝硬撑着喝了大半碗，翻江倒海的胃才乖巧下来。

头重脚轻暂时难缓解，尹朝朝干眨着眼，声音弱得像小绵羊：“姜周易，我好困啊。”

她脚下忽然一空。

姜周易一刻也不敢耽误，直接将人背起。

食堂侧门正对女生寝室楼五栋，汉语言文学系大一新生被安排在一二层，从食堂阿姨那儿打探到可靠的消息，他一路跑过去的。

领寝室钥匙、铺床铺、把背上的小姑娘轻轻放到床上，最后盖好小毛毯，再用湿毛巾敷敷额头降暑气，姜周易有条不紊地办着一件又一件事，像是在养闺女。

像偶像剧里的经典场合一样，他伸手探她的额头，她下意识握住：“姜周易，你去哪儿啊？”

人生地不熟的，依赖感倍增。

“办入学手续。”

B大新生报到一共有三天，第一天来的新生少，多半是远途来的，到校之后都忙着安置行李，这一天报到处的手续办得最快。

尹朝朝可怜兮兮地眨眼：“明天再去也可以呀。”太虚弱了，她小小的抗议听上去像在撒娇，“你忍心把我一个人扔在寝室吗？室友们都没来啊。”

寝室是六人间，眼下只有她一个人到了，其余五张床，四张空空如也，一张上头有一个铺盖卷、一堆行李袋，想必是有人先她一步到了，但要处理事情，迟迟没见人影。

“历史学和汉语言都是大系，人多，明天报到的话，你或许要等我等得更久。”姜周易温声温语，神情带着怜爱，“早办完早利索，未来两天都陪你。”

听到最后半句话，尹朝朝素白的小脸上才有点笑意，方才干呕得太厉害，这会儿声音沉沉很不舒服：“嗓子太涩了。”

姜周易一听，从书包里翻出一包水蜜桃软糖。来时在家那边的小超市里买的，知道小姑娘喜欢吃，他一下子买了八袋，直接将货架拿空了。

他把包装袋拆开，剥了一颗，递到她唇边。尹朝朝张了张嘴，一秒接收。

他满意地笑了笑："你好好睡一觉，"再给她手心塞了几颗，"醒了给我打电话。"

太困了，困到眼皮子打架。

她好像说了声"好"，又好像什么都没说。

只记得寝室门关上时发出一道细微的声响，甜甜的水蜜桃味在唇齿间扩散，伴着她入了梦乡。

尹朝朝这一觉睡得挺久的。

醒来时，黄昏已至，天边落日余晖，大片大片的火烧云像是一幅色彩强烈的印象派画作，霞光灼目。

寝室里依旧没人。

尹朝朝坐直身体，稍稍缓了一会儿神，摸到枕边的手机，第一时间给她的小少年打电话。

那头几乎是秒接，四周有点嘈杂，声音实打实地关切："睡醒了？"

尹朝朝本能地点了点头，想着对方看不到，轻轻地"嗯"了一声，之后问："姜周易，你在哪里啊？"

软绵绵的小奶音，姜周易听得心都快萌化了。

他都能想象出对方此刻耷拉着脑袋，一脸茫然又迷迷糊糊的样子，声音里藏不住笑意："学校食堂，饿不饿？想吃什么，我带过去。"

尹朝朝摸了摸干瘪的肚子，咂了咂嘴："饿了。"

她这一天也没吃什么东西，睡醒一觉之后，元气恢复了不少，一提"吃"这个词就来劲了："汉堡！学校食堂有汉堡吗？"

从西式快餐摊位前路过的姜周易脚步一滞，不确定地问："不是不舒服吗？油腻的东西能吃下去？"

"能！当然能！不夸张地说，我现在能吃下一头牛！"饥饿感使人热血沸腾。

姜周易听着电话那头的声音的确中气十足，心里的大石头总算落地："那么请问能吃下一头牛的尹朝朝同学，你只要汉堡就够了吗？"

"唔，当然不够啦，"尹朝朝说，"你那儿还有什么？说来听听。"

姜周易抬头看着摊位前的招牌，辛辣的选项自动屏蔽掉，一边甄选，一边告诉她："汉堡有牛肉堡、鳕鱼堡、虾堡、田园堡，要哪个？"

"虾堡！"

"鸡米花要不要？"

"要！"

"蛋挞要不要？"

"要！"

"月亮烧要不要？"

“要！”

“红豆派要不要？”

“要！”

“男朋友要不要？”

“要！”

等等！男，男朋友？

尹朝朝只觉脑袋忽然嗡了一下，周身血液在刹那间翻涌，心跳毫无征兆地加快，连呼吸都忘了节拍。

电话那头的人没再讲话，她也保持沉默，只有急促的呼吸声和奔跑声透过听筒传来，像紧密的鼓点一样不间断地提醒她这通电话并没有结束。

可能是过去很久，也可能只是一瞬间，一道平稳又饱含笑意的声音钻进她的耳朵：“下楼，你要的男朋友到了。”

尹朝朝几乎是手脚并用地下了床，以她过去十八年里最快的跑步速度一溜烟冲到楼下。

寝室楼门前有棵香樟树，少年身姿笔直地站在那儿。

间隔没几米，尹朝朝每走一步，心花怒放的声音就变大一点，少年嘴角上扬的弧度也增加几分。

“姜周易，你……”到了跟前，勇气却有点不足，她看着眼前意气风发的少年，紧张得语无伦次，“你刚刚，是在向我……”

“‘我们在一起，读大学。’尹朝朝，断句应该是这样断的。”不容置喙的一句话，堂堂正正地说出来。姜周易想，他终于等到这一刻。

尹朝朝一下子红了脸，他是在回答她当初的喃喃之问。

姜周易盯着她，目光灼热：“尹朝朝，我这一生没什么信仰，唯独对我们是天生一对这件事深信不疑。”

他说：“我们已经是大学生了，谈恋爱不算早恋了。”

他说：“我喜欢你，从小就喜欢，想让我们两个的名字出现在一张结婚证上面的那种喜欢，想七老八十时一起散步、一起染黑发、一起掉光牙的那种喜欢。”

他又说：“尹朝朝，和我在一起好不好？”

他最后说：“我等这一天，真的等好久了。”

“我也是呀，等了好久了。”

眼角不断有热泪涌出来看热闹，尹朝朝一眨不眨地看着眼前的少年。

她踮起脚，捧着他的脸，笑眼弯成一双月牙，郑重其事地在他唇边落下一个吻，甜甜的，蜂蜜桃子味。

“这一生，从总角之宴到耄耋之年，我都想和你一起走。

“姜周易，我那么喜欢你。

“全世界最喜欢你。”

·番外一·

\生活里的小美好\

01. 别扭的父女

大一下学期，尹朝朝把写小说的爱好重新拾起来。

尹瀚生如约兑现承诺，给了她一笔丰厚的创作资金，在电话里豪情万丈地说："这钱你拿去，买书桌、买电脑、买台灯，通通要最好的，我尹瀚生的闺女将来是要当作家的，排面不能差。"

尹朝朝去到银行，一查余额傻眼了。

老父亲一掷千金，汇来整整三万块钱。

尹朝朝最终也没要那个"排面"，提了两千五百块，买了一款已经不大流行的 iPad。

小姑娘懂事，先想到父亲每个月那点儿固定工资，又想到家里还有个喝奶粉的小妹妹，不仅将剩下的钱原封不动地打了回去，还把自己兼职攒的五千块一并汇了回去。

当天晚上，尹瀚生的电话就打过来了，一连串发问："怎么又把钱汇

回来了？三万两千五？你还多打回来两千五？”

尹朝朝一本正经地说：“怎么可能？钱我都花了呀？”装傻装到家，“是银行给的利息吧！”

尹瀚生气笑：“哪家银行这么做生意早就黄了！”

他还想说点什么，那头却把电话撂下。

再打一通，不接。

再打第二通，直接关机了。

事情发生时，姜周易正坐在尹朝朝身边剥橘子，默默地见证全程之后，他捧着对方脸颊狠狠地亲了一口，得意忘形地笑：“我这是捡到宝了。”

尹朝朝扬了扬下巴：“我聪明吧。”

但两人谁都没想到，这事还有后续。

从第二天开始，尹朝朝的某宝账户每天都会到账一千块钱，连着三十三天，早上八点钟，掐着点来的。

那段时间，尹朝朝为了专心创作，一直在用戒网机，巴掌大小，只有打电话和发短信两种功能，智能手机一直放在寝室抽屉里。直到有一天，学院推出一款诗词 APP，导师让各班同学帮忙增加下载量，她开了机，数据网络一连，各种消息提示涌现，她才发现不对劲。

第一时间，她给尹瀚生打电话，第一通，没人接。

第二通，不在服务区。

尹朝朝无语，老父亲怎么跟自己使一招？

她转而用微信问："老尹同志，您怎么又把钱打回来了？"

谁知那头秒回一句："银行分红。"

一山更比一山高。

尹朝朝，卒。

02. 善变的黄金身高差

iPad 自此成了尹朝朝背包里的固定嘉宾。

小姑娘走到哪儿带到哪儿，来灵感时，从书包里翻出来，写上一小段。

姜周易有时候也跟着看，时不时提点建议。

这天，尹朝朝手指飞快地敲下这样一段话。

"女孩不管不顾地朝门口跑去，在推门的那一瞬，被身后的少年一把拉回，小巧而精致的鼻尖直直地撞到他的肋骨，她蓦地鼻头一酸，一抬头，一个如春风般和煦的吻落下来……落到她鼻尖上，哦不，少年想，目标锁定失败，我还要再弯一点腰……"

她正被自己笔下"最萌身高差"的设定萌到趴桌大笑，头顶忽然传来一道玩味十足的声音："女朋友身高到肋骨位置？尹朝朝，你就不担心男主角会得颈椎病吗？"

"为什么啊？"尹朝朝脑袋后仰，有些不理解。

姜周易弯下腰，在她唇边吻了一下，然后一本正经地说："因为太喜欢亲女主角了。”

尹朝朝抿嘴乐了一下，迅速想到方法：“可以让女主角穿高跟鞋补救一下呀。”

“八厘米，还是十厘米？哪个男主角能舍得？”他自问自答，“反正我是舍不得。”

尹朝朝觉得此言在理，为了塑造深情且长寿的男主角，这个小细节的bug（漏洞）不容许忽视，所以她向他请教：“那怎么改？”

姜周易想了想：“你知不知道有一个词叫‘黄金身高差’？”

“知道！ 12厘米，情侣最佳身高差。”

“对！”

尹朝朝似乎想到什么，表情有一点点失落：“可是我172厘米，你188厘米，相差16厘米哎。”

“那黄金身高差就是16厘米。”姜周易立马改口，面部表情稳如泰山。

尹朝朝：“……”你把黄金身高差说得这么善变，它自己同意吗？

03 童年小剧场

Part1. 月老的红线

五岁时，文艺会演的后台。

一位月老扮相的不愿意透露姓名的小朋友戏精症突然发作。

“姜周易，你等我一下。”伴随着翻口袋找红线的声音。

“尹朝朝，你给我这个东西干什么？”

“哦吼，地球小孩，这是本月老大人在替你圆梦。”尹朝朝捻了捻粘在下巴上的白胡子，故作威严。

“等你遇到喜欢的女孩子，把红线交到她手上，你就能梦想成真了。”

“哦。”小少年冷淡地应了一声，没有一丝迟疑，“那，还给你。”

Part2. 失败的魔术

幼儿园时期，院方请了一个魔术大师来给小朋友们表演。

其中一个环节是要将人变走，魔术师需要一个小孩子来配合。

姜周易胆子大，主动上台做互动。

魔术师先是跟姜周易说了几句悄悄话，便让他进到一个大木箱子里，接着连上三把锁，一张魔术毯盖上去，倒数三二一后，抖掉毯子，再一开箱，人便不见了。

当时小朋友们都惊讶地张大嘴巴，热烈地拍手。

除了尹朝朝。

上一秒还一副看戏脸的小丫头，在看到她的小竹马一下子“人间蒸发”时，“哇”地大哭了起来。

哭得那叫一个惊天地泣鬼神，边哭边对魔术师声讨：“呜呜呜姜周易，不见了，你，你把他弄丢了……把哥哥还给我，呜呜，大坏人！”

在场所有人都惊呆了。

魔术师手足无措得像个闯了祸的孩子，急忙出言安慰：“小朋友，别哭，别哭啊，你哥哥没有不见，你看……”连敲三下木头箱子，他忙呼唤箱子里的人，“姜周易小朋友，你快出来吧，我搞不定。”

大木箱子的底部是可以移动的，就像下水道井盖一样，底下连着舞台下的一条滑梯通道。先前和魔术师串通好躲到里面的姜周易，在听到尹朝朝惨绝人寰的哭声时，条件反射地往回爬。

魔术师话音刚落，只听“嘭”的一声，满头大汗的小少年黑着脸从箱子里爬出来。

等他走到号啕大哭的小女孩面前，却是温柔地伸出两只手，蹲下身子，给对方擦眼泪：“尹朝朝，你这个傻瓜，我没丢。”拥抱一下，“哥哥在呢。”

见小女孩撇嘴抽抽搭搭，他便化身小小魔术师，手掌覆在她稚嫩的小脸上，老成地说：“我要变魔术了，尹朝朝你听话一点，等我把手移开，你就不可以哭了哦。”

“好。”带着哭腔应下的一声。

姜周易倒数三声：“三，二，一。”

之后，他把手移开，笑惨了。

嗯，听话的尹朝朝小朋友非但不哭了，还笑出个鼻涕泡给他看。

番外二

姜朝小朋友二三事

01

大学一毕业，尹朝朝便和姜周易结了婚。

次年，两人的爱情结晶——儿子姜朝诞生。

小朋友生在十月末，和他老爹一样，是天蝎座，就连长相和性格，也如出一辙。

都说异性相吸，同性排斥，在尹朝朝所属权这个问题上，大天蝎座和小天蝎座严肃对望，总觉得对方是来争宠的。

双方拉锯战持续四年之久。最后，未接受学前教育的那一方败北，在一个春风和煦的早晨，被送去幼儿园。

02

在那儿，小姜朝结识的第一个朋友叫鹿麓，一个乖巧文静的小女孩，话不多，笑容很甜。

两人是同桌，坐在班级第二排。

小姜朝觉得鹿麓小朋友哪里都好，就是名字忒难写。

每当小鹿麓一笔一画在作业本上写自己名字时，小姜朝就偏头过去看。

但他跟他爸爸年轻时一样不喜欢学习，看了好多遍也没将名字记到心里去，倒是像个小大人似的，说：“你的名字好难写，长大了一定要当一个好学生才行。”

小鹿麓偏头，稚嫩的小脸上挂着“为什么”三个字。

小姜朝一本正经地分析给她听：“你看看你，名字这么多笔画。如果长大了学习不好，被老师罚写名字的话，你可就惨了。”

肚子忽然发出咕噜一声，小鹿麓笑了，笑得赧然，像一朵含羞待放的花苞。

她的声音又低又轻，像邻居家上门做客的小猫咪，怯怯地看他：“我有点饿了。”

小姜朝二话不说便打开自己书包，里面一本书都没有，倒是装了一大兜子零食。

他将书包推给她，霸道地说：“你喜欢我吧，那样我书包里的苹果、桃子、橘子、棒棒糖、乳酸菌就都是你的。”

小鹿麓有点蒙，她还不知道喜欢是什么意思。

小姜朝大大咧咧地又说："当然喽，你不喜欢我，它们也都是你的。饿了尽管找我，幼儿园这里我说了算的。"

小鹿麓笑了，用力地点了点头。

小姜朝也跟着笑，脸颊的红晕似乎长出翅膀，一下子飞到耳根。

03

小姜朝在幼儿园待到六周岁，随即迎来了求学之旅的第一站——小学。

在那之前，幼儿园组织了一场毕业典礼，给小朋友们送花束，照大合影。

在身高这方面，小姜朝继承了父母的高个子基因。

大合照站位有四排，第一排的人蹲着，第二排坐着，三四排是站着，摄影老师在安排位置时，将他调到第三排最右边的位置，高高地站着。

小鹿麓个头偏矮，站在第二排最左边，两人立于对角线方向，中间隔着十几只脑袋，无言地张望彼此。

那段时间，剧荒的尹朝朝 N 刷 TVB 神剧《牛郎织女》，每天固定播放一集，二三十分钟，小姜朝全程陪看，对剧情了如指掌。

他对号入座，觉得自己和小鹿麓像极了被银河分开的牛郎和织女。

一时竟有点难过。

他不甘地举手："老师，我要换位置！"

摄影老师问："你想换到哪儿去啊？"

小姜朝伸手指了指小鹿麓身旁的位置："我要去那里。"怕表意不明，又添一句，"就是鹿麓身边的位置，我要跟她站一起。"

摄影老师朝那个方向看去："哪位小朋友是鹿麓啊？"

第二排最左边的人举起一只小手。

穿着白色公主裙的娇小女孩，嗓音甜甜的："老师，我在这里。"

摄影老师面露慈笑，冲小姜朝比画："你站过去吧。"

小姜朝点头说好，横穿队伍，如愿以偿地来到小鹿麓身边。

倒数三二一，两人手拉手，对着镜头，一起龇牙笑。

04

这件事后来不知道怎么传到饭桌上，小姜朝的妈妈和外公还为此吵了一架。

妈妈先说的话："真是头痛，小姜同学这么小就知道追女孩子了，也不知随了谁。"

外公呵呵笑道："随谁？还不是随你！你打小就成天追着姜女婿身后跑，咱赫尔苏街上的人谁不知道！"

妈妈又说："才不是呢！他也是从小就喜欢我的，每天就是故意不出门等我去找他的，姜周易你说是不是？"

外公又说："等你？你少往自己脸上贴金了，姜女婿你莫怕，岳父给你撑腰，你实话实说，尹朝朝那会儿是不是挺烦人的？”

爸爸一个劲儿摇头：“爸，媳妇，我自罚三杯。”

过了一会儿，妈妈又想起什么来：“小姜同学才六岁啊！这算不算早恋？”

外公的表情一下子变得很复杂。

姜周易又开始摇头，讲话都变得不利索了：“不是，爸，都是我的错，我自罚三杯。”

那天对于六岁的小姜朝来说有些特别。

首先是他从出生起就认识的爸爸喝酒喝得最多的一次。

其次也是爸爸讲话讲得最温柔的一次。

姜周易絮絮叨叨地讲了好多自己和妈妈之间的故事，挺有趣的，但是讲得太久，讲到他都频频点头打瞌睡了，爸爸捧起他的脸亲了一口，对他说：“儿子，以后千万不要像你老爸这样子，和丈人喝酒，酒桌都下不来。”

小姜朝见爸爸隔一会儿就要跑到卫生间去吐的样子实在太受罪，心疼得不得了，也害怕得不得了。

喜欢一个女孩子，要面临这么严峻的考验吗？

他摸了摸小肚皮，忽然悲从中来：“我……我肚子太小，装不了那么多酒。”

自那以后，饭桌之上，小姜朝一见到外公和酒瓶在一块的场景就跑得远远的，八匹马都拽不回来的那种。

跑的时候，他还总是忍不住回头看一眼外公身边坐立不安的爸爸。

唉，爸爸忒可怜。

— 全文完 —

图书在版编目（CIP）数据

隔壁桌的小竹马 / 黎鲤尔著 .
-- 北京 : 中国致公出版社 , 2019
ISBN 978-7-5145-1473-5

Ⅰ . ①隔… Ⅱ . ①黎… Ⅲ . ①长篇小说 – 中国 – 当代
Ⅳ . ① I247.5

中国版本图书馆 CIP 数据核字 (2019) 第 205971 号

隔壁桌的小竹马 / 黎鲤尔 著

出　　版	中国致公出版社 （北京市朝阳区八里庄西里 100 号住邦 2000 大厦 1 号楼西区 21 层）
出　　品	大鱼文化
发　　行	中国致公出版社（010-66121708）
作品企划	大鱼文化
责任编辑	李　薇
特约编辑	欧雅婷
装帧设计	颜小曼
印　　刷	长沙鸿发印务实业有限公司
版　　次	2019 年 10 月第 1 版
印　　次	2019 年 10 月第 1 次印刷
开　　本	880mm × 1230mm 1/32
印　　张	9.125
字　　数	230 千字
书　　号	ISBN 978-7-5145-1473-5
定　　价	36.80 元